WALTER KAPPACHER: ROSINA

ERZÄHLUNG

KLETT-COTTA

Verlagsgemeinschaft Ernst Klett – J. G. Cotta'sche Buchhandlung
Nachfolger GmbH, Stuttgart

Einbandgestaltung und Typographie: Heinz Edelmann
Gesamtherstellung: Wilhelm Röck, Weinsberg
ISBN 3-12-904401-9

. . . die Zeit, die mich in lebendige Teile zertrennt
– den, der ich war,
                                        den, der ich künftig bin –,
wie die Machete die Schlange zerhackt;
das Bewußtsein, durchsichtig, kreuz und quer
        durchwatet . . .

Octavio Paz

Durchgang verboten. Sie vermied es, das Schild anzusehen; jeden Morgen, wenn sie zügig quer über das Gelände der Shell-Tankstelle ging, fürchtete sie, der Tankwart riefe ihr wieder zu, ob sie nicht lesen könne. Ein paar Wochen lang hatte sie den Umweg gemacht, um die Tankstelle herum, aber dann der Neuschnee, der Regen; sie wollte weder hinter der Tankstelle im Schneematsch waten, noch auf der Straße von den Autos angespritzt werden. Sie überquerte wieder, wie andere Fußgänger auch, den Platz vor dem Tankstellengebäude, hüpfte dann über den Schneewall, erreichte den Gehsteig. Bei so nassen, matschigen Wegen dachte sie doch wieder an ihren Cortina.

Sie war keine Chefin mehr, hatte nichts mehr zu sagen. Wenn sie heute ihre Stellung bei der Allianz aufgab, saß ein paar Tage später eine andere Frau vor der Olivetti. Sie war austauschbar wie eine Schreibmaschine. Austauschbar, das war sie aber auch als Sekretärin gewesen, nur war ihr dieser Gedanke nie gekommen. Waren sie nicht alle austauschbar? Machen Sie sich unentbehrlich, pflegten die Chefs zu sagen.

Vor dem Mozartsteg, pünktlich, beinah auf die Sekunde, jeden Morgen der Alte mit dem behäbigen, schwankenden Gang. An ihm konnte sie abschätzen, ob sie heute ein paar Minuten früher oder später dran war. Er hob seinen weißen Spitz auf und trug ihn ein paar Schritte. Am abschüssigen Aufgang zur Brücke war Salz gestreut.

Die farbige Abbildung aus der Illustrierten mit dem Spiralnebel fiel ihr ein. Sie hatte sie ausgeschnitten;

auch ein doppelseitiges Bild, vom Mond aus aufgenommen: Die Erde ging am Horizont des Mondes auf, eine blaue, nebelverschleierte Halbkugel. Sie wollte die Blätter auf einen Karton aufziehen und irgendwohin hängen, sie ab und zu anschauen. Beim ersten Aufblättern für den Bruchteil eines Augenblicks die Erhellung: Wie unwichtig sind deine Probleme. Für einen Augenblick eine unerhörte Distanz, eine Befreiung. Und niemand im Raum, um mit ihm darüber zu reden.

Nicht nur keine Chefin mehr, auch die immer mehr sich ausbreitende Erkenntnis, nichts zu wissen, hilflos zu sein. Was nützten ihr all die Kenntnisse, die sie in nahezu zehn Jahren in der Firma Fellner erworben hatte? Ablagesysteme, Briefe tippen, das Führen des Terminkalenders, die Korrekturen von Interpunktion und Grammatik, ja, von ganzen Sätzen bei der Übertragung von Diktaten, das Empfangen von Besuchern, das Entwerfen von routinemäßigen Antwortbriefen usf., all das half ihr nicht im geringsten, mit ihrem Leben besser fertig zu werden. Sie hatte Geld verdient, ja, aber war das alles? So viele Jahre hindurch hatte sie keinen Gedanken an solche Fragen verschwendet. Alles war so selbstverständlich. Wie wichtig hatte sie sich genommen. Und die Kollegen hatten sie ja auch, mehr oder weniger ironisch, die Chefin genannt.

Wie gut, daß Ford-Fellner in die Alpenstraße übersiedelt war; so würde sie kaum noch einem von den ehemaligen Kollegen begegnen. Zu Fuß ging ohnehin keiner von denen. Einmal, am Abend, vor ein paar

Wochen, hatte sie Herrn Kaltner über die Staatsbrücke fahren sehen, in einem neuen Capri. An der Staatsbrücke gab es auf der rechten Seite keine Unterführung, man mußte als Fußgänger dreimal über die Straße, dreimal das Grünlicht in der Ampel abwarten. Die Staatsbrücke riß sie jedesmal aus ihren Tagträumen.

Nach dem Zähneputzen der Blick in den Spiegel, erzwungenes Sich-selbst-Zulächeln; die gelblich verfärbten Zähne, die Falten an der Stirn und um die Mundwinkel. Mienenspiele. Männer drehten sich nicht mehr nach ihr um. Zweiunddreißig, dreiunddreißig, vierunddreißig, fünfunddreißig . . .

Zumindest verdrängte sie jetzt nicht mehr krampfhaft alles, was ihr in Zusammenhang mit Fellner in den Sinn kam. Manchmal ertappte sie sich dabei, daß sie ein Lächeln versuchte, wenn sich die Nerven im Magenbereich spannten. Mein Gott, war ich blöd, konnte sie jetzt sagen und dazu stehen; sie begann, ihr Leben, die zehn Jahre bei Fellner, und *mit* Fellner, anzunehmen. Ja, blöd; aber ging's denn den anderen so viel besser? Die waren doch noch nicht einmal aufgewacht. Die steckten im Trott und merkten nichts.

War das *ihr* Leben? Hatte sie es alles gewollt, wie es verlaufen war? Hätte sie ein anderes Leben haben können?

Heiraten war kein Ausweg. Frau Suchy: Der einzige Unterschied: sie mußte abends für zwei Personen einkaufen. Frau Kaindl: Ihr Mann schlief jeden Abend vor dem Fernseher ein. Ob man als Kollege einen Menschen nicht viel besser kennt, als dessen Ehepartner dies kann? Wer hatte das gesagt? Acht Stunden am Tag seien Eheleute nicht zusammen; und sein wahres Gesicht zeige ein Partner erst nach vielen Ehejahren . . .

Die Hüfte spürte sie kaum noch, sie hinkte auch nicht mehr. Aber neulich, am Tag, bevor der Schnee fiel, hatte sie wieder Schmerzen gehabt. Großmutter hatte auch immer gesagt: Das Wetter schlägt um, ich spür's in meinem Knie.

Die Arbeit an der neuen Buchungsmaschine hatte ihr nicht nur nichts ausgemacht, es schien ihr, genau eine solche Tätigkeit habe sie sich gewünscht. Als Herr Zöbl, der Direktor der Allianz, ihr vorsichtig von der Arbeit an der Maschine erzählte (einige der Bewerberinnen hatten es abgelehnt, auf der alten Olivetti zu arbeiten), wußte Rosina sofort, daß dies die Beschäftigung war, die sie suchte. Die Maschine machte einen solchen Krach, daß Zöbl ein eigenes Kämmerchen eingerichtet und die Olivette da hineingestellt hatte, denn die übrigen Kollegen der Buchhaltung hatten sich über den Lärm beschwert. An diesem Ungetüm saß Rosina acht Stunden am Tag, und wenn Frau Mösl einmal kam, um ihr einen Stoß von Kontenblättern hinzulegen oder solche abzuholen, mußte die ihr auf die Schulter tippen, um sie auf sich aufmerksam zu machen. Berta, eines der Lehrmädchen, pflegte, wenn sie Rosina die Milchpackung hinstellte, zu sagen, sie hielte das keinen Tag aus, sie würde wahnsinnig dabei. Rosina hörte das Rattern der Maschine, das rhythmische Anschlagen der Typenhebel, das Zurückrumpeln des Wagens nach ein paar Tagen gar nicht mehr. Die Bedienung der Maschine, das Lesen der Kontenblätter erforderte höchste Aufmerksamkeit. Oft mußte sie sich vorbeugen und die ausgedruckten kleinen Ziffern prüfen. Sie trug nun immer bei der Arbeit ihre Brille. Selten verließ sie den Raum, etwa wenn sie handschriftliche Zahlen auf einem Kontenblatt nicht entziffern konnte, oder wenn ihr ein Buchungsvorgang nicht klar war. Oft wurde es so rasch zwölf Uhr, war sie so in ihre Arbeit versunken, daß sie zu spät aufhörte. Sie saugte dann an ihrer Milchpackung, aß eine Buttersemmel oder schälte sich einen Apfel.

Stellen Sie sich vor, bei Fräulein Ritter ist eingebrochen worden. Alle Wertsachen, sogar der tragbare Fernseher. Keiner im Haus hat etwas bemerkt. Naja, die Ritter mit ihren Männerbesuchen, irgendsowas mußte ja eines Tages passieren. Die Tür ist nicht aufgebrochen gewesen. Guten Abend, sagte Rosina und schloß ihre Tür auf. Die alte Hexe! Und sie spürte, daß sich, als Frau Hager sie angesprochen hatte, bei ihr sogar so etwas wie ein schlechtes Gewissen eingestellt hatte; als hätte sie in den vier Monaten hier in diesem Appartement je Männerbesuche gehabt.

Sie stellte sich nie nach Dienstschluß mit den Kolleginnen zum Spiegel in der Toilette. Kommen Sie mit? Ach, seien Sie nicht fad! Was läuft Ihnen denn zu Hause schon davon? Ihren Einstand hat sie auch noch nicht gezahlt! Also gut. Wohin? Café Figaro, da sind wir fast jeden Abend nach Dienstschluß, bis das Fernsehen anfängt. Rosina hatte sich schon ausgedacht, was sie denen erzählte. Einmal kam der Moment, wo sie gefragt wurde. Sie habe in einem Autogeschäft gearbeitet (den Namen der Firma würde sie ungefragt nicht nennen), einen Autounfall gehabt, sei längere Zeit arbeitsunfähig gewesen, naja, und jetzt habe sie halt hier in der Allianz neu angefangen.

Im Lift war ihr plötzlich, Herr Fellner stünde neben ihr. Aber dies war ein anderer Stadtteil, ein anderer Wohnblock, ein anderes, ein neues Jahr. In die Rückwand war ein gekrümmter Phallus eingeritzt. Immer die Vorstellung, der Lift könnte in die Tiefe sausen. Solche wie Fellner gab es viele, in jeder Firma einen. Nein, nicht verallgemeinern; Herr Zöbl zum Beispiel war anders: väterlich-korrekt. Sie war immer wieder, wenn sie an Fellner dachte, erstaunt, daß sie ihm eigentlich nicht böse war. Nicht mehr. Dabei wußte sie jetzt mit Sicherheit, daß er sich ihrer bloß bedient hatte. Die Tür von innen zugeriegelt und den Fernseher eingeschaltet.

Die Möwen, mit Gekrächz über der Salzach kreisend, dieser braunen Brühe, einem der giftigsten Flüsse Österreichs, wie sie im Radio gehört hatte. Unter der Nonntaler-Brücke standen ab und zu in der Früh Männer mit einer Angelrute. In Mittersill war sie einmal mit Onkel Rudi über eine Salzachbrücke gegangen, das Wasser war klar gewesen, man hätte es trinken mögen, so quellfrisch war es dahingeplätschert.

In der Früh Neuschnee. Im Hof liefen die Autos auf Standgas, Rosina mußte durch den Qualm der Auspuffgase hindurch, Männer und Frauen fegten mit Besen und Bartwischen den Schnee von ihren Fahrzeugen.

Kein Kollege von Ford-Fellner hatte sie im Unfallkrankenhaus besucht, in diesen viereinhalb Wochen, sie hatte das auch nicht erwartet; es wäre ihr sogar peinlich gewesen. Wenn Ilse noch bei der Firma gewesen wäre, über ihren Besuch hätte sie sich gefreut. Herr Enzinger, der Bürobote, dessen Augenlider immer nervös zuckten, war einmal, in der dritten Woche, im Krankenzimmer erschienen, hatte einen Strauß weißer Nelken abgegeben. Mit Grüßen von den Kollegen, und baldige Gesundheit. Unsicher hatte Enzinger sich ihr genähert. Rosina hatte ihn zu oft herumkommandiert, sogar angeschrien, wenn sie nicht wußte, wo ihr der Kopf stand, und er irgendwo, ihrer Meinung nach, zu lange unterwegs gewesen war. Sie hatte nicht gern daran denken mögen, hilflos, niedergedrückt in ihrem Krankenbett, wie ungnädig sie diesen gutmütigen, verhärmten Pensionisten behandelt hatte. Beinah wäre sie in Tränen ausgebrochen, als Enzinger ihr die Blumen aufs Bett gelegt hatte. Sie wußte, daß höchstens Frau Kaindl auf die Idee gekommen war und im Umkreis der Buchhaltung für die Blumen gesammelt hatte.

Wer wohl jetzt Sekretärin war bei Fellner? Wie sie wohl aussah? Ob er es schon versucht hatte bei ihr? Wie die neuen Büros in der Alpenstraße eingerichtet waren? Wenn sie an Fellner dachte, verzog sie manchmal spöttisch das Gesicht; der Affe, sagte sie sich vor, der Affe!

Das fürchterliche Geheul des schwarzen Schäferhundes, der niedergefahren wurde, am Ignaz-Rieder-Kai, parallel zu der Allee im Volksgarten, wo Rosina um halb acht ging. Sie hatte den Hund fast jeden Morgen auf dieser Straße in Richtung Nonntalerbrücke hetzen sehen; vor dem sowjetischen Konsulat hielt dann immer der BMW des Besitzers, die linke rückwärtige Tür geöffnet; der Hund sprang hinein, die Tür wurde zugeworfen, und der Wagen schoß davon.

Bundesheersoldaten erinnerten sie an Helmut. Merkwürdig: Die waren immer neunzehn Jahre alt. Sie war zwölf oder mehr Jahre älter geworden, aber die Bundesheerler blieben immer neunzehn. Der Ball im Gasthaus Hindenburg, ziemlich genau an ihrem siebzehnten Geburtstag. Sie hatte ein paarmal mit diesem Helmut getanzt, auf dem Ball trug er statt der Uniform einen dunkelblauen Anzug. Sie hatte den Bier- und Zigarettenrauch aus seinem Mund gespürt, Männergeruch, seine Unbeholfenheit und Anhänglichkeit. Zum ersten Mal die Erfahrung, auf jemanden Einfluß zu haben. Immer wieder war er an ihren Tisch gekommen, und wenn sie sagte, sie wolle jetzt nicht, war er ganz zerknirscht durch den Saal zu dem großen Tisch neben dem Ausschank gegangen, wo seine uniformierten Kameraden saßen. Sie wollte ihn nicht zu nah an sich heranlassen. Wer war er denn schon? Wie der wohl ihre Adresse herausbekommen hatte? Jedenfalls stand er an einem Sonntagnachmittag vor der Tür und klingelte. Sie sah ihn durch einen Spalt des Vorhangs dastehen und rührte sich nicht. Sie träumte damals schon vom Stadtleben. Ein Sommergast, eine ältere Dame aus Nürnberg, die schon das dritte Jahr das Mansardenzimmer im Kiebererhaus bewohnte, hatte Rosina – Rosi, wie sie sie nannte – liebgewonnen und ihr ständig eingeredet, so ein hübsches, gescheites Mädel sei zu schade für Saalfelden, sie versauere hier, sie gehöre in die Stadt. Dort könne sie ihre Fähigkeiten ausbilden und verwerten, könne es zu was bringen. Frau Reiser hatte ihr ausgemalt, wie ihr Leben in Saalfelden verliefe: Sie würde im Kaufhaus Perner bleiben und dort verkümmern, bis sie eines Tages heirate. Dann Hausfrau, die Waschmaschine, der Herd, die Einkaufstasche, der Kinderwagen, der mürrische Mann.

Sie war jetzt nicht mehr so verzweifelt und mutlos. Irgendwie würde es schon weitergehen, es mußte. Sie dachte oft: Das Schlimmste hast du überstanden. Das Zittern ihrer Hände war beinahe normal. Nach dem Österreichischen Hof über den Makartsteg, dann die Treppe zur Unterführung hinunter. In der Früh immer ein Gewimmel von Leuten, kurz vor acht Uhr; alle hatten es eilig, noch rechtzeitig an ihre Arbeitsplätze zu gelangen. Sie war nicht mehr die Chefin, gehörte zum Fußvolk (der Ausdruck stammte von Fellner), und das gab ihr ein Zugehörigkeitsgefühl, das neu war.

Freu' dich nicht zu sehr darauf, hatte Mutter ihr von klein auf eingebleut. Warum? Wenn man sich zuviel freut, dann trifft's nicht ein. Oder: Ersparst dir so die Enttäuschung, wenn nichts draus wird.

Manchmal, abends, die Vorstellung, Fellner würde an ihrer Tür klingeln (die Adresse könnte er leicht übers Meldeamt herausbekommen). Sie malte sich aus, wie sie sich verhielte. Sie wurde gleich darauf mit sich selber böse, weil sie völlig sicher war, daß der nicht einmal mehr an sie dachte.

Damals, im Krankenhaus, der Gedanke: Als Mutter so alt war, dreißig, hatte sie dich schon aufgezogen, da war ich schon zehn Jahre alt. Sie stellte sich vor, eine zehnjährige Tochter oder einen Buben zu haben. Das Leben ihrer Mutter schreckte sie. Schwanger mit ihr, war sie von einem Sommergast aus Wien (Mutter hatte über den Mann nie Näheres erzählt) sitzengelassen worden. Die Briefe waren zurückgekommen mit dem Vermerk: Adressat hier unbekannt. Mutter arbeitete seit fast fünfunddreißig Jahren im selben Hotel. Rosina erinnerte sich noch daran, wie Mutter sie einmal die Treppe im Ochsen, damals noch Gasthof, hinuntergetragen, in den Kinderwagen gelegt und nach Hause gefahren hatte, fünf Häuser weiter ins Kiebererhaus. Hatte sie Mutter im Stich gelassen? Warum hatte die nicht verstanden, daß Rosina lieber in der Stadt lebte?

Eine Frau fütterte die wild kreischenden Möwen, von der Mitte des Makartstegs aus. Rosina hätte das auch gern getan, Brotstücke ausgestreut, aber lieber ohne die Zuschauer. Jedesmal, wenn jemand die Möwen fütterte, blieben Leute stehen und schauten zu. Wenn sie den Kopf hob, in der Mitte des Stegs, hatte sie das Café Winkler im Blick, das langgezogene helle Gebäude. Da oben war sie einmal mit Fellner gewesen, es war das erste Mal gewesen, daß sie ihr Kleines Schwarzes getragen hatte.

Die Unmöglichkeit, sich mit Mutter rückhaltslos auszusprechen, wenn sie – selten genug – übers Wochenende nach Hause gekommen war. Fortwährend hatte sie sich vorgenommen, beim nächsten Besuch die frühere Vertrautheit wiederherzustellen. Jetzt war sie beinahe schon zwölf Jahre von Saalfelden fort. Das Gesicht Mamas war zum ersten Mal eingefroren, als ihr Rosina freudestrahlend den Brief der Firma Fiedler gezeigt hatte, wo geschrieben stand, Rosina solle sich am Soundsovielten vorstellen, die Fahrtkosten würden ersetzt. Monatelang hatte sie die Stellenanzeigen gelesen und sich auch einige Male beworben. Vor lauter Überschwang hatte sie nun vergessen, daß sie mit Mama noch gar nicht über ihre Pläne gesprochen hatte. Sie hatte sich gesagt: Wenn nichts draus wird, dann hat sie sich umsonst aufgeregt.

Elisabeth. Wer hatte ihr bloß erzählt, Elisabeth habe geheiratet und sei hochschwanger? Sie mußte jetzt fünfunddreißig oder sechsunddreißig Jahre alt sein. Rosina merkte, daß sie innerlich weiterhin zu Elisabeth aufschaute, als wäre die immer noch ihre Meisterin und Beschützerin. Der Gedanke an Elisabeth wärmte sie, aber sehen wollte sie sie eigentlich nicht unbedingt.

... suchen wir die ASSISTENTIN DES GESCHÄFTSFÜHRERS, mit folgender Aufgabenstellung: Koordination und Kontrolle von Projektabwicklung und finanzielle Transaktionen, Kontaktpflege mit Banken und Behörden, Mitarbeit bei der Planung und Projektierung neuer Aktivitäten, Erledigung vertraulicher Korrespondenz. Diese Schlüsselposition möchten wir einer

Dame bis etwa Mitte 30 anvertrauen, die über eine gründliche kaufmännische Ausbildung und mehrjährige Berufspraxis verfügt und sich darüber hinaus durch sicheres Auftreten, Verhandlungsgeschick und Anpassungsvermögen qualifiziert. Wir erwarten außerdem . . . Sie las derzeit keine Anzeigen, suchte keine neue Stellung, aber diese Anzeige ging über die halbe Seite, schwarz eingerahmt, wie die Todesanzeigen. Solche Anzeigen schüchterten sie jetzt wieder ein, so wie vor zwölf Jahren, als sie angefangen hatte, Stellenanzeigen zu lesen. Eine solche Stellung einzunehmen, das schien ihr damals ebenso utopisch wie Bürgermeisterin zu werden.

Die Schulmädchen im Volksgarten, elf, zwölf, dreizehn Jahre alt, so vor ihr in Querreihen gemächlich schlendernd, daß sie nicht vorbeikonnte. Die Zigaretten hielten sie schon wie die Alten: so in der gewölbten Handinnenfläche geborgen, daß der Wind sie ihnen nicht ausblies. Jetzt drängte Rosina sich vorbei, stapfte mit dem linken Fuß dabei in den Tiefschnee.

Der junge Bundesheerler hätte sie bestimmt geheiratet, ein paar Jahre später. Und Mama wäre zufrieden gewesen. Aber hatte sie nicht immer vor jungen Burschen gewarnt? Unreif seien die, wüßten nicht, was sie wollten; andererseits hatte sie aber öfter gepredigt, sie wollten alle das gleiche, hätten bloß ihr Vergnügen im Auge. Mit siebzehn hatte sie all ihre Ideen und Wünsche noch der Mutter anvertraut, sie hatte es ihr sogar erzählt, wenn Herr Perner, während seine Frau an der Kassa die Einnahmen zählte, sie abtätschelte. Rosinas Idol war damals Onkel Thomas aus Lienz.

Er war schon fast fünfzig gewesen, damals, viele weiße Haare, und in seiner Gesellschaft (selten genug hatte er sie besucht) war ihr immer gewesen, als würde sie eine andere Luft atmen. Ihr war gewesen, als könnte ihr, solange er im Raum war, nichts geschehen, und sie fühlte sich gleichzeitig sehr erwachsen. Vor einem Jahr etwa war er bei der Amputation seines Raucherbeines gestorben, und die Verwandten hatten Mutter und sie nicht einmal zur Beerdigung eingeladen. Der Bundesheersoldat hatte ihr noch ein Jahr nach jenem Ball im Hindenburg Briefe geschrieben, obwohl sie kein einziges Mal geantwortet hatte. Oder Seppi, vom Lackner-Hof, der ihretwegen nach Salzburg gezogen war, eine Stellung in einer Landmaschinen-Reparaturwerkstatt angenommen hatte, um ihr nahe zu sein. Eines Tages, als sie schon bei Ford-Fellner war, stand er abends um sechs vor dem Geschäft, seine Puch aufgebockt daneben, und erzählte ihr, daß er am Ersten bei der Firma Schlögl anfange. Sie genierte sich, wie er so dastand, in dem gestreiften Pulli, den er schon vor fünf Jahren getragen hatte. Man sah auf zehn Meter, daß er ein Bursch vom Land war, und er roch auch danach. Ein paar Wochen später hatte er einen Fiat 1100, der stand jeden Abend um sechs Uhr vor dem Geschäft, und Rosina verließ die Firma durch den Hinterausgang oder wartete am Parkplatz im Hof, bis ein Kollege kam, der in ihre Richtung fuhr.

Rosi, Röslein, Rose von Montreux; es war ihr aufgefallen, daß Fellner sie nie Rosina nannte. Die Kollegen hatten sie anfangs Rosi gerufen, später, als sie Sekretärin war, Fräulein Rosina oder Fräulein Gall.

Manchmal wunderte sie sich jetzt, daß sie nie an ihren Vater dachte. Den gab es einfach nicht. Mutters Gesicht hatte sich immer merkwürdig verändert, wenn Rosina etwas über ihn erfahren wollte. Immerhin hatte sie sie vor Jahren einmal dazu gebracht, ihr den Namen zu nennen. Im Wiener Telefonbuch hatte sie dann nachgeschlagen, ihn aber nicht gefunden. Sie erinnerte sich, wie aufgeregt sie dabei war. Der Gedanke, ihn über die Straße gehen oder aus einer Haustüre kommen zu sehen . . .

Auf dem Heimweg, abends um sechs, war es immer schon dunkel am Kai. Die Lichter der Autos drüben am Rudolfskai, jenseits der Salzach, im Schrittempo ruckten sie vorwärts, ab und zu ließ einer den Daumen auf der Hupe, das wirkte dann ansteckend, eine ganze Tonleiter gellte herüber. Sie sah sich selber in ihrem Cortina sitzen, über die Staatsbrücke, Rudolfskai, Nonntaler Hauptstraße . . . Neulich war sie bei Herrn Weinberger eingestiegen, der fuhr zweimal in der Woche nach Dienstschluß zu der Sauna im Volksgarten und bot ihr jedesmal an, sie mitzunehmen. Um die Zeit bin ich sonst immer schon längst zu Hause, hatte sie vorige Woche beim Aussteigen zu ihm gesagt, und er, kummervoll, ja, er wisse selbst. Merkwürdig, wie man sich ans Gehen gewöhnen konnte. An jenem Abend neulich hatte sie später noch einmal hinunter müssen, eine halbe Stunde war sie den Kai auf und ab gegangen. Sich auslüften, dachte sie. Sie fürchtete sich jetzt nicht mehr vor bestimmten Erinnerungen, sie genoß es sogar, ihre Gedanken schweifen zu lassen. Manchmal erwachte sie an der Staatsbrücke und konnte sich nicht erinnern, am Mozartsteg vorbeigekommen, dem Alten mit seinem weißen Spitz begegnet zu sein, oder dem Mann im grünen Ledermantel, der sich immer kurz vor dem Mozartsteg verlegen in die Haare griff, umkehrte, als hätte er etwas vergessen, und zurückging in Richtung Nonntaler-Brücke. Vielleicht hatte ihm sein Arzt Bewegung verordnet.

Heute nacht wieder im Traum bei Ford-Fellner: Alles war verändert, fremde Gesichter, sie fand ihr Büro, das Sekretariat, nicht. Die Kollegen (Frau Suchy war dabei) feierten ein kleines Fest. Sie wollte zu Fellner, er hatte versprochen, mit ihr essen zu gehen. Auf einem Schreibtisch lagen Briefe, und ohne sie zu lesen, wußte sie, daß sie diese Briefe getippt hatte, daß Herr Fellner sie nicht unterschrieb, weil sie voller Tippfehler waren. Von der Decke rieselte jetzt Staub, Mauerwerk, etwas davon geriet ihr in den Mund, und als sie aufwachte, spürte sie noch den Geschmack, sie dachte dabei an Friedhofserde. Am Kai fiel ihr der Traum dann nochmals ein, als sie unter der Nonntaler-Brücke durchging.

Nachts, vor dem Einschlafen, wenn sie das Licht löschte, zuckte ihr noch Geflimmer durchs Hirn, als liefe das Fernsehprogramm da selbsttätig weiter, als ließe es sich nicht abstellen. Manchmal, wenn sie das Fenster offen hatte, hörte sie drüben in Richtung Ernst-Grein-Straße einen Zug rollen. Dann war ihr, als wäre sie noch klein, läge in ihrem Bett im Kiebererhaus, an der Bahnlinie, ein paar hundert Meter vom Saalfeldener Bahnhof entfernt. Oder sie stellte sich vor, nach Hause zu fahren; kurz bevor der Zug langsamer wurde, ehe die Bremsen anfingen zu quietschen, würde sie das Kiebererhaus sehen, die Rückseite des Hauses, die Tür und die Steintreppe, die in den Garten führte, wo früher in einem eingezäunten Geviert die Hühner nach Würmern gescharrt hatten. Sie würde dann den Abkürzungsweg über die Geleise nach Hause gehen, Mutter würde sie erwarten, sie hätte sich einen freien Tag genommen, die Wohnung geheizt.

Manchmal, wenn sie sich nachts herumdrehte, nach einem Traum, in dem sie Sekretärin bei Fellner war, bildete sie sich ein, sie befände sich in der Garconniere in der Elsenheimstraße, und halbträumend dachte sie: Aber ich bin doch weg von dort, das ist doch vorbei, der Unfall, das Krankenhaus . . . sie machte Licht und sank erleichtert zurück, ließ es eine Weile brennen, sah auf den Wecker.

In der Wochenend-Ausgabe der »Salzburger Nachrichten« las sie jeden Samstag die Heirats- und Kontaktanzeigen, wo die Herren sich meist mittels Automarken charakterisierten. Manchmal, wenn sie sich angesprochen fühlte, war sie nahe daran, einen Brief zu schreiben; sie schob es aber jedesmal auf, und am Dienstag war es zu spät. Die Frauen, die inserierten, waren meist entweder sehr jung und suchten dann einen erfahrenen, großzügigen Herrn, oder sie waren geschieden und hatten Kinder.

Trotz der Kälte saßen in der Früh Schüler und Schülerinnen der Höheren Technischen Lehranstalt auf den Bänken am Kai, Pärchen, die sich ungeniert vor den Passanten abgriffen und ableckten. Rosina war es unbehaglich zumute, wenn sie an ihnen vorbei mußte; einmal hatten sie hinter ihr her gespottet, im Takt ihrer Schritte hatten sie gerufen: Links-rechts, links-rechts. Sie hatte sich gefragt, was ihnen an ihr aufgefallen war.

Hinter der Spänglerbank grüßte sie eine junge Frau. Rosina war in Gedanken gewesen, schon war die Unbekannte an ihr vorüber, erst jetzt reagierte Rosina, sie drehte sich um, erkannte die Frau nicht, obwohl sie sie an irgendwen zu erinnern schien. War sie aus Saalfelden, oder war's eine ehemalige Kollegin von Fellner? In ihren letzten Monaten dort waren mehrere Mädchen eingestellt worden, die sie nur einmal, bei der Vorstellung, kennengelernt hatte. Sie dachte: Ob ich Elisabeth erkennen würde, wenn ich ihr auf der Straße begegnete?

Undankbar hatte Perner sie gescholten, als sie ein Jahr nach Beendigung ihrer Lehrzeit gekündigt hatte. Er hatte ihr mehr Lohn angeboten, über Kollektivvertrag. Er habe sie nicht drei Jahre lang ausgebildet, damit sie nun weglaufe. Von wegen Ausbildung, dachte Rosina. Es ärgerte sie, daß sie ihm von ihren Plänen, in die Stadt zu gehen, erzählt hatte. Sie werde das noch bereuen, er kenne einige solche junge Dinger, die dann in einer Nachtbar in Frankfurt oder Zürich gelandet seien . . . Wie sie sich manchmal vor ihm geekelt hatte, wenn er ständig seine Winde ließ; sie mochte dann gar nicht die Kunden bis zur Kasse begleiten, sondern drückte ihnen den Kassenzettel in die Hand und wies sie mit einer Handbewegung hinüber. Am Vormittag, wenn seine Frau mit dem Haushalt oben beschäftigt war, pflegte er um elf seinen Frühschoppen drüben beim Dick zu nehmen. Wenn er dann eine halbe Stunde später zurückkam, hatte er oft mächtig geladen, setzte sich hinter die Kasse, schnaufte schwer, und Rosina warf Frau Petzold einen sprechenden Blick zu.

Monika Maier mit ihrem Pudel, den sie ab und zu, wenn ihre Mutter verreiste, in die Firma mitbrachte (er lag dann in ihrem Büro in der Schadensabteilung auf einer zusammengefalteten alten Decke), erinnerte sie an Fräulein Schwaiger beim Fellner, nur daß die einen Langhaardackel hatte. Dasselbe Getue der Kollegen, besonders der Damen; dauernd hatten sie in der Buchhaltung zu tun, hockten sich vor den schwarzen Pudel, streichelten ihn, redeten mit ihm wie mit einem Baby. Aber wenn Rosina auch einmal in der Schadensabteilung zu tun hatte und Rocky sie wie jeden, der in seine Nähe kam, anwedelte, juckte es sie auch in den Fingern, ihn zu berühren und zu hätscheln.

Alt genug! Mit 18 Jahren! Aber Mama, Theres war erst knapp siebzehn, als sie nach Wien zog. Man muß nicht alles nachmachen; außerdem hat die Verwandte dort, bei denen wohnt sie . . . Rosina wäre beinahe mit der Nachricht herausgeplatzt, daß Theres schon lange nicht mehr bei ihrer Tante wohne. Modezeichnerin zu werden, das wolltest du mir auch nicht erlauben; glaubst du, ich will mein ganzes Leben beim Perner verbringen, scheußliche Bierkrüge und Spazierstöcke an Touristen verkaufen und mich von ihm dauernd in den Po zwicken lassen?

Tatsächlich war auch sie mehrere Male auf einer dieser Bänke gesessen, mit einem Burschen, der seinen Arm um ihre Schulter gelegt hatte. Wie lang war das her? 1960 mußte es gewesen sein, im September, als sie den Maschinschreibkurs in der Imbergstraße begonnen hatte. Klaus war ihr Nebenmann an dem langen Tisch gewesen, wo fünf oder sechs Schüler sich in einer Reihe im Zehnfingersystem übten. Auf dem Heimweg (er hatte, wie er sagte, in dieselbe Richtung zu gehen) schloß er sich eines Abends ihr an. Ob er sie begleiten dürfe, wo sie arbeite? Er redete ununterbrochen, war in der Redaktion einer Zeitung beschäftigt; Rosina konnte sich nicht mehr an sein Gesicht erinnern. Als sie auf der Bank gesessen waren, hatte sie ihren Kopf weggedreht, wenn er sie auf den Mund zu küssen versuchte. Vielleicht war das der Grund, daß er seinen Vorschlag, am Samstagabend miteinander in den Hexenturm tanzen zu gehen, nicht wiederholte, daß er dann nach Kursschluß in eine andere Richtung ging, mit einer anderen Kursteilnehmerin. Es war, wie Mutter gesagt hatte. Damals war Rosina schon von Elisabeth weg und hatte ihr eigenes Untermietzimmer in der Unpildstraße, bei Frau Basil.

Im A&O-Geschäft neben der Tankstelle kaufte sie ein Joghurt, eine Klarsichtpackung mit Emmentaler und drei Äpfel, in Cellophan verlötet. Leise Schlagermusik vermittelte eine heimelige, beschwingte Atmosphäre. Alles schien plötzlich so einfach; man mußte nur zugreifen und die Sachen mit nach Hause nehmen; aber sobald man das Geschäft verlassen hatte, war der Zauber dahin. Nur noch ein paar Schritte zu ihrem Block. Mit dem Lift hinauf in den dritten Stock, den Fernseher eingeschaltet, den Kühlschrank geöffnet.

Die Stimme aus dem Fernseher: Warum verwenden Sie das neue Persil, gnädige Frau? Beinahe schien es Rosina, sie hätte Besuch, die Leute unterhielten sich im Wohnraum, während sie einen Imbiß herrichtete.

Am Café Bazar vorbei, wo sie sich ab und zu mit Fellner getroffen hatte, später, als es ihm schon egal war, mit seiner Sekretärin gesehen zu werden; als es ohnehin schon alle in der Firma wußten.

Helft Valentin Buturlin! Bittet um die Freilassung. Etwa so: »Mit allem Respekt gestatte ich mir, Ihre Aufmerksamkeit auf den Bürger Ihres Landes, Valentin Buturlin zu lenken, der seit vielen Jahren trotz schlechtem Gesundheitszustand der Haft im Arbeitslager ausgesetzt ist. Im Namen der Gerechtigkeit bitte ich Sie, Valentin Buturlin ehest freizulassen.« Es ist zu empfehlen, die Post als Einschreibebrief mit Rückschein abzusenden. Falls der Rückschein nach etwa 2 Monaten nicht zurückgekommen ist, durch die Post nachforschen lassen! Schreiben Sie an den Generalstaatsanwalt, u. Puschkinskaja 15a, Moskau, UdSSR . . . Rosina faltete das Blatt und schob es in die Manteltasche. Vor ihr zerknüllte einer das gelbe Blatt und warf es in den Abfallkorb, der am Kaigeländer befestigt war.

Die beiden Verkäuferinnen ließen sie einfach warten, sie unterhielten sich abgewandt. Die dritte Verkäuferin telefonierte mit dem Rücken zum Ladentisch, wahrscheinlich mit einem Bekannten oder einer Freundin, weil sie zwischendurch immer wieder aufgluckste. Ein Chef war nicht im Laden. Bei Perner, dachte sie, wäre das undenkbar gewesen, auch wenn der Chef beim Frühschoppen war. Nach ein paar Monaten Lehrzeit, als sie die Scheu vor fremden Leuten, die hochdeutsch und manchmal sogar unverständlich sprachen, verloren hatte, stand sie immer schon bereit, beide Arme vor sich auf dem Ladentisch, wenn Kundschaft durch die Tür kam. Schon im zweiten Jahr hatte sie sich als perfekte Verkäuferin gefühlt, hatte herausgefunden, daß es ihr mit einem freundlichen Gesicht viel leichter von der Hand ging, und daß auch die Kunden dann zugänglicher waren. Oft hatten deutsche Sommergäste, wenn sie an der Kasse bezahlten, von dem »freundlichen jungen Mädel« gesprochen. Mit einem Ja wandte sich jetzt endlich die jüngere der beiden Verkäuferinnen ihr zu, und als Rosina Wollstutzen verlangte, da wiegte die Verkäuferin ihren Kopf, als bestünde wenig Hoffnung, daß sie eine solche Ware führten, bückte sich dann aber zu einer Schublade, zog sie heraus, stellte sie auf den Ladentisch.

». . . Mit der ungemein attraktiven Ausstattung dieser Sonderserie muß es gelingen, in diesen Kundenkreis einzudringen. Solche Kunden finden Sie in Clubs (Segel-, Golf-, Reit- oder Tennisclubs) oder bei Modeveranstaltungen . . . In unseren Werbeaussagen werden wir weniger den Preisvorteil als vielmehr die Exklusivität dieses Angebots hervorheben . . .« Auch weg damit. Wozu noch aufheben? Ihr erstes selbstverfaßtes Rundschreiben an die Ford-Händler.

Eine Frau mit nur einer Hand. Rosina sah zum Fenster hinaus, als die vorbeiging, die Hand und ein Stück des Unterarms in der anderen Hand. Dann in Saalfelden, sie wollte Fellner besuchen, konnte sie nicht zur Tür der Villa hinein, eine große Kiste stand davor, und in der Kiste, das wußte sie, lag seine Frau.

Die Kinder hatten wuchtige Steine ins Geäst der Kastanienbäume geworfen. Zerfetzte Zweige und Blattwerk waren heruntergeflogen, manchmal auch Kastanien, noch unreif, in ihren grünen, stacheligen Schalen. Beinah jeden Tag hatte sie die Schulkinder im Volksgarten beobachtet. Plötzlich eines Tages, sie war selbst überrascht, hatte sie denen zugerufen: Könnt ihr nicht warten, bis sie reif sind, sie fallen dann von selber herunter. Die Knaben schauten ihr verwundert nach; als sie sich nach einer Weile umdrehte, waren sie schon wieder dabei, Steine zu werfen. Im Oktober war das gewesen; wie diese fünf Monate verflogen waren! Jetzt standen die Kastanien kahl da, kein Vogel hätte sich in ihrem Astwerk verstecken können.

Die gutaussehenden Herren auf den Reklame-Farbseiten der Illustrierten schienen alle Fellner zu ähneln. Ob sie für ein Rasierwasser posierten, für Schnäpse oder Zigaretten: immer waren sie braungebrannt, Schnurrbärtchen, glatter Haarschnitt. Sie schienen selbstbewußt, wirkten vertraueneinflößend. Sie mußte solche Seiten jetzt nicht mehr eilig überblättern, beinah lächelte sie, es berührte sie nicht mehr. Das Kaufen der »Quick« und der »Revue« war ohnehin nur noch eine Gewohnheit. Jeden Mittwoch nach Dienstschluß freute sie sich, die beiden Hefte am Kiosk im AVA-Haus zu kaufen. Nachdem sie sie zu Hause durchgeblättert hatte, legte sie sie weg; ihr wurde dabei so öde zumute wie nach dem Ausschalten des Fernsehers.

Sie streckte ihre Arme in die Höhe, winkelte sie nach hinten ab, gähnte. Schon halb zwölf. Sie blickte zum Fenster. Der Blumentopf irritierte sie noch. Umständlich hatte Frau Mösl ihr erklärt, wie oft die Aloe zu gießen sei. Als hätte sie keine Ahnung von Blumen. Aber es war eine nette Geste. *Ihr* Fensterbrett sei schon so vollgepfercht mit Blumenstöcken. Rosina scheute immer davor zurück, sich an Frau Mösl zu wenden, wenn auf einem Kontoblatt etwas nicht stimmte, oder wenn Ziffern unleserlich waren. Frau Mösl rief dann lautstark durch den Saal: Wer war denn das wieder! Kinder, Kinder! Rosina genierte sich dann vor den Kollegen, es sah so aus, als hätte sie getratscht. Aber wenn sie damit zu Monika oder Herrn Weinberger ging und Frau Mösl sah sie, dann rief sie sofort herüber: Gibt's Probleme, Rosi? Die Kollegen hatten sie einen alten Besen genannt, und als Rosina einmal zu Herrn Weinberger gesagt hatte, sie könne sich nicht beklagen, da hatte er erwidert: Warten Sie ab, das kommt schon noch. Die brauche einen Mann, hatte sie Fräulein Wimmer unlängst sagen hören. Gebt doch eine Anzeige auf für sie.

Der leicht schwankende Makartsteg: für einen Moment die Vorstellung, daß die Erde sich bewege, drehe, daß alle auf der Erdkugel festklebten. Wie viele Lebende, Tote, wie viele, die in diesem Augenblick die Augen für immer schlossen . . . Manchmal kam sie auf dem Steg aus dem Rhythmus ihres Ganges. Fremde hörte sie oft sagen: Hast du das bemerkt, Papa, die Brücke schaukelt. Sie war dann beinahe versucht, die Leute aufzuklären, daß dies normal sei.

Soviel Hundekot am Kai, so viele alte Leute mit ihren Hunden. Überhaupt: die alten Menschen, denen sie begegnete, woher nahmen sie die Zuversicht, die Kraft, weiterzumachen? Dachten sie nicht ans Ende? Und wenn sie die jungen, übermütigen Büromädchen und Verkäuferinnen sah, die neben ihr die Treppe im AVA-Haus hinuntersprangen, nach sechs Uhr, dann dachte sie: Über kurz oder lang sind sie so alt wie ich, über kurz oder lang sind sie so alt wie die Frau, die da mit vollgepackten Einkaufstaschen zur Obusstation hetzt. Sie sollte ihre Godn in Lofer besuchen. Vor einem Jahr war sie fünfundsiebzig geworden, und seither lag sie im Bett, hatte Mama erzählt. Bis zum vorigen Jahr hatte sie immer noch in den Haushalten ihrer Söhne und Töchter ausgeholfen. Kinder hüten, waschen, bügeln, einkaufen, Marmelade einkochen. Nun, da sie krank war, half ihr niemand; die Söhne, Töchter und Schwiegertöchter ließen sich nicht blicken, die Nachbarsleute heizten ihr ein und brachten ihr was zu essen.

Die mit dem hellblonden Haarturm da vorne erinnerte sie an Elisabeth. Beide Hände tief in die Taschen ihres grünen Lodenmantels versenkt, Kragen hochgestellt. Ihr Begleiter beugte sich zu ihr nieder, sagte etwas; sie fuhr jetzt mit der rechten Hand aus der Tasche und boxte ihm in den Rücken. Zu kalt zum Sitzen auf den Bänken im Freien. Durch Elisabeth, eigentlich Tommi, war sie zu Fellner gekommen. Wie Tommi damals erzählt hatte, bei ihnen würden zwei neue Büromädchen eingestellt, eines in der Verwaltung, eines in der Werkstatt. Wie Rosina sich dann an jenem Montagvormittag bei Fiedler freigenommen hatte und sich vorstellen ging zu Ford-Fellner. Die Mutlosigkeit, als sie sah, wie viele Mädchen da im Foyer saßen. Alle hatten sie einen Fragebogen zum Ausfüllen bekommen, mußten dann, als es so weit war, den langen Gang mit dem Teppichboden vorgehen, ins Chefbüro. Das Neonlicht, das Geklapper . . . Angestellte, die vorbeikamen, nahmen keine Notiz von den Bewerberinnen. Zum ersten Mal hatte Rosina ein Großraumbüro gesehen. Überall die Stellwände, die die einzelnen Abteilungen abtrennten. Ihr gefiel das. Chance hatte sie sich keine ausgerechnet. Die anderen Mädchen, zigarettenrauchend, sahen soviel erfahrener, überlegener aus. Wenn sie den Fragebogen nicht schon abgegeben gehabt hätte, wäre sie vielleicht sogar unauffällig wieder gegangen.

Frau Mösl hat mir berichtet, wie brav Sie aufgebucht haben. Wir sind froh, daß wir Sie haben, Fräulein Gall. Wir sprechen uns, wenn ich aus Wien zurück bin. Für Sie kann ich eine Gehaltserhöhung durchdrükken beim Chef. Zöbl sprach von seinem Chef so, wie sie mit Monika über ihn sprach. Ob der Chef in Wien auch noch einen Chef über sich hatte? Nein, der nicht. Doch, den Vorstand. Herr Zöbl hob seine schwere Tasche auf und sagte Auf Wiedersehen, drehte sich noch einmal um: Machen Sie heute früher Schluß, Fräulein Gall, gehn Sie eine Stunde früher, sicherlich haben Sie was einzukaufen, wie? Rosina dankte. Fellner, Zöbl, alle Chefs gingen mit ihren prallen Aktentaschen und -koffern aus der Firma, stiegen in ihre schweren Wagen und fuhren auf Geschäftsreise. Die Frauen blieben immer in den Büros. Wie in dem Film gestern im Fernsehen: Der Eingeborenenstamm in Neuguinea, wo die Männer jeden Morgen mit Pfeil und Bogen auszogen; Frauen und Kinder blieben zurück. Nein, stimmte nicht ganz, es gab auch . . . Der Bericht neulich über Frau Schicketanz. Gehaltserhöhung! Jetzt hielt es sie nicht mehr in ihrem Zimmer. Die anderen machten auch Zigaretten- oder Kaffeepausen; sie nahm die verbuchten Kontenblätter (waren ohnehin schon wieder zu einem Stoß angewachsen), ging damit in die Buchhaltung hinüber, es war gleich vier Uhr. Die Unterarme schmerzten. Sie wollte ohnehin wieder in die Buchhandlung an der Staatsbrücke, ungestört in den Taschenbuch-Regalen nach etwas Lesbarem suchen. Vielleicht traf sie die junge Frau wieder.

Der Stationsvorsteher am Saalfeldener Bahnhof, als sie im Juli nach Hause gekommen war: Du g'hörst ein Jahr auf die Alm, Dirndl. Dann erst hatte er ihr leichtes Hinken bemerkt und gerufen: Ja, sag einmal, was ist denn mit dir passiert?

Nachts, drunten fuhr ein Wagen vorbei am Ignaz-Rieder-Kai; ihr war, als fahre er durch sie hindurch.

Nach dem Makartsteg die Treppe hinunter zur Unterführung. Vor dem Schaufenster der »Salzburger Nachrichten« stand einer, im hellen Trenchcoat, mit kahlem Hinterkopf, leicht nach vorn gebeugt: Kriechbaum! Rosinas Atem kam aus seinem Rhythmus. War er's? Aber was hätte er fünf Minuten vor acht hier beim AVA-Gebäude zu suchen gehabt? Sie drehte sich noch einmal um, war schon zu weit weg, um ihn mit Sicherheit erkennen zu können. Ob ihm ihre Nachfolgerin auch täglich die »Süddeutsche Zeitung« beiseite legte, wenn der Chef sie durchgeblättert hatte? Das sei das einzige lesbare Blatt weit und breit, hatte er einmal bemerkt. Was in Salzburg vor sich gehe, berühre ihn nicht mehr, diese Stadt ruiniere sich unentwegt selbst, und keiner könne die Politiker und Baumeister (oft seien sie beides in einer Person) daran hindern. Auch der Gedanke an Kriechbaum führte zu einer leichten Verstimmung; sie war überzeugt, er verachtete sie. In den ersten zwei, drei Jahren war sein Büro, die Kundendienst-Abteilung, wo später auch Ilse arbeitete, das einzige, wo sie sich ohne Verkrampfung aufhalten konnte. Es hatte ihr auch geschmeichelt, daß er sich um sie bemühte. Zu Mittag, wenn sie im Hof der Firma zwischen den dort abgestellten Gebrauchtwagen auf und ab ging, näherte er sich ihr manchmal, suchte ein Gespräch anzufangen. Immer fragte er, was sie in ihrer Freizeit mache, ob sie lese . . . Rosina hatte dann gedacht, er wolle herausbekommen, ob sie einen Freund habe, und hatte ausweichend geantwortet. Er hatte ihr nicht besonders gefallen, war auch so nachlässig angezogen. Seine Hemden trug er anscheinend eine Woche lang, Manschetten und Kragen waren oft schmutzig. Sie hatte ihm nie in die Augen schauen können, es lag wohl am starken Glas seiner Brille, ihr wurde beinah immer schwindlig, wenn sie ihm von nah ins Gesicht schaute. Reden konnte er, stundenlang, über die merkwürdigsten Dinge; er hatte eine Art, Rosina immer auch ins Gespräch hineinzuziehen, ihr Fragen zu stellen, und sie mochte dann nicht zugeben, daß sie nicht verstanden hatte, wovon er sprach. Sie ging dann lieber wieder in ihr Büro, an ihren Schreibtisch, da fühlte sie festen Boden unter sich.

Nicht vergessen, Würfelzucker einkaufen. Am Sonntagnachmittag wollte sie (wenn es nicht regnete) die Pferde auf der Koppel in der Ziegelstadelstraße füttern.

Sie hatte immer noch keine Erinnerung an den Unfall, nur an die Fahrt im Rettungswagen, an den jungen, schnurrbärtigen Mann in der Rot-Kreuz-Uniform, der ihre Hand gehalten hatte. Ihr wurde übel, wenn sie nur daran dachte: eine halbe Flasche Remy Martin auszutrinken!

Der Gedanke, mit Mama auf Urlaub zu fahren. Aber von Juni bis September bekam die keinen Urlaub, da war Hochbetrieb im Ochsen. Und im Oktober müßte man schon sehr weit in den Süden fahren, ans Meer, um baden zu können, denn sie wollte ihrer Mutter, die noch nie eine Auslandsreise gemacht hatte, das Meer zeigen. Rosina war auch gar nicht sicher, ob sie im Sommer einen Urlaub erhielt; sie war ja erst ein paar Monate in der Firma.

Fräulein Thöny bot ihr zwei Theaterkarten an: Shakespears »Viel Lärm um nichts«, ihr Freund sei erkältet, und allein wolle sie nicht gehen. Rosina, überrumpelt, sagte, sie habe heute abend schon was vor. Zwei Karten. Sie konnte dann auch Fräulein Thöny nicht mehr vorschlagen, mit ihr in die Vorstellung zu gehen.

Die Samstagabende bei Elisabeth, in der Lasserstraße. Wenn Tommi gekommen war, nachmittags zwischen drei und vier, war Elisabeth meist noch im Bad gewesen, mit ihrem Transistorradio. Wenn sie herauskam, zogen sich die beiden in Elisabeths Zimmer zurück, der Schlüssel wurde von innen herumgedreht. Rosina war gehänselt worden wegen ihrer roten, pausigen Bäckchen. Ohne Elisabeth (ein Glücksfall, daß Rosina ihre Anzeige in der Zeitung entdeckt hatte) wäre sie nicht so rasch heimisch geworden in Salzburg. Elisabeth wußte einfach alles, kannte die Tanzlokale, Kinos, Cafés, und obwohl sie nur ein paar Jahre älter war, war sie Rosina, was Lebenserfahrung anging, haushoch überlegen. Sie wußte immer einen Rat, ob es um die Lohnsteuerkarte ging, um Einkaufsmöglichkeiten, oder um die passende Frisur für Rosina, als sie beschlossen hatte, sich die Haare abschneiden zu lassen und sie kurz zu tragen. Elisabeth hatte sie gelehrt, mit Puderdose und Lippenstift richtig umzugehen, ja, sie hatte am Anfang manchmal beinah so etwas wie mütterliche Gefühle für Rosina, das Küken, entwickelt. Wenn ein Bursch in einem Lokal frech zu ihr geworden war, hatte Elisabeth ihn verscheucht. Rosinas Vorgängerin sei ihr auf die Nerven gegangen. Zum Beispiel die Truhe im Vorzimmer habe sie, eine Studentin, immer an die Wand gerückt, so daß man sie nicht öffnen konnte. Außerdem habe die immer öfter unter Tag, wenn Elisabeth nicht anwesend war, junge Männer, Studenten, in die Wohnung gebracht; da hätte sie am Ende noch Schwierigkeiten mit Frau Kainleinsberger, der Hausbesitzerin, bekommen, also habe sie der Gertraud gekündigt. Die Anrufe, wenn Elisabeth mit Tommi oder einem anderen Verehrer ausgegangen war. Hatte Rosina abgehoben und gesagt, Elisabeth sei nicht da, so versuchten die anrufenden Burschen herauszufinden, wer da am Apparat war, probierten ihre Schmähs, luden Rosina zum Ausgehen ein, oder zu einer Spazierfahrt; aber sie hatte nicht angebissen. Wenn sie allein in der Wohnung gewesen war, hatte sie sich als Hausherrin gefühlt, die beiden Zimmer durchstreift, in Büchern und Illustrierten und Modeheften geblättert, die in Elisabeths Zimmer herumlagen. Einmal begann sie einen Roman von Simmel, las sich hinein und konnte nicht mehr aufhören, bis Elisabeth heimkam. Jener Silvestertag! Elisabeth war am Nachmittag beschwipst mit einem neuen Bekannten angekommen; gleich verzogen sie sich in ihr Zimmer. Wir wollen nicht gestört werden, Mademoiselle. Elisabeth hatte andauernd gekichert und gezierte Handbewegungen gemacht. Eine Viertelstunde später hatte es geklingelt, vor der Tür standen drei oder vier Burschen, darunter Tommi. Ob Elisabeth da sei. Natürlich sei sie da, und der Paul sei auch da. Sie gingen durchs Vorzimmer, klopften und rüttelten an der Tür, und Tommi beschimpfte Elisabeth. Nutte nannte er sie schließlich, als sich im Zimmer nichts rührte. Sie seien alle im Café Arabia gewesen, und es sei ausgemacht gewesen, daß sie anschließend ins Stadtkino gingen. Plötzlich seien Paul und Elisabeth verschwunden gewesen. Die Kellnerin habe ihnen dann verraten, daß Paul ein Taxi bestellt hatte. Tommi stieß noch ein paarmal mit dem Schuh gegen die Tür, dann überredeten sie Rosina, mitzukommen, irgendwo weiterzufeiern. Sie waren in einem Lokal namens Stierwascher gelandet. Einer der Burschen, er war im Ersatzteillager einer Autofirma tätig, legte gleich seinen Arm um Rosina, er hieß Franz oder Frank und redete ohne Punkt und Komma. Sie fing Sätze auf wie: Der Pauli rumpelt jetzt die Elisabeth nieder . . . Die Augen brannten ihr vom Zigarettenqualm. Sie war nun unfreiwillig mit allen auf du und du, und Otto, der Lagerhalter, hatte sie zum Schluß heftig bedrängt, an sich gepreßt, Küsse auf ihr linkes Ohr gedrückt. Sie hatte ihr Gesicht immer weggedreht, wenn sein nach Bier und Zigarettenrauch stinkender Mund sich ihr näherte. Er habe eine sturmfreie Bude . . . Seine Kollegen, die ab und zu herhörten, riefen dann: Otto, zeig ihr deine Briefmarkensammlung. Sie füllten ihr immer wieder das Glas nach. Schließlich hatte sie gemerkt, daß man ihr Schnaps ins Bier geschüttet hatte; von da an weigerte sie sich standhaft, weiterzutrinken. Im Wagen, vor dem Haus in der Lasserstraße, wollte Otto sie nicht freigeben. Der Bursche ließ ihre Hand nicht los. Komm wenigstens noch auf einen Kaffee zu mir. Rosina hörte, wie einer murmelte: Mach doch keine solchen Umstände mit dem Trampel . . .

Fellner hatte nie mehr etwas hören lassen. Das letzte war jener Brief, unterschrieben von der Nachfolgerin. Lassen Sie uns wissen, ob und wann wir wieder mit Ihnen rechnen können . . . Sie hatte damals längst nicht mehr vor, das Haus Fellner noch einmal zu betreten, trotzdem mußte sie den Brief blitzschnell zerknüllen, ehe sich die kaltschnäuzigen Worte tiefer in sie bohrten.

Anstelle von Schmerz empfand sie nur noch ein unbestimmtes Weh. Die Vergangenheit ließ sie noch nicht in Ruhe. Aber an was sollte sie denken, wohin sollten ihre Gedanken sonst wandern? Sie las wieder die Kontaktanzeigen in der Wochenend-Ausgabe. Da wurden hübsche (gutaussehende) Mädchen gesucht, von 18 bis 23, oder manchmal bis 28 Jahre. Sie dachte: Warum nicht einen Versuch wagen?, setzte zu einem

Brief an, kam aber über zwei Zeilen nicht hinaus. War sie hübsch genug? Als sie zwanzig gewesen war, hatten sich ständig Männer nach ihr umgedreht. Da hatte sie gerade bei Fellner angefangen. Gab es für sie überhaupt Grund, sich auf etwas zu freuen? Aufs abendliche Fernsehprogramm, wenn ein Spielfilm angezeigt war, der ihr vor Jahren einmal im Kino gut gefallen hatte.

Nach der Nonntaler-Brücke begann es zu regnen, sie spannte den Schirm auf. Im Sommer, wenn die Baumkronen dicht belaubt waren, konnte man bei Regen hier schirmlos gehen, ohne daß ein Tropfen das Gesicht netzte. Der 7. Februar. Ob sie am Vormittag einen Sprung weg konnte, zur Makartpost, um für ihre vier Erlagscheine einzuzahlen? Zwei alte Leute gingen so in der Mitte des Kais, daß sie nicht vorbeikonnte. Wie das wohl war, vierzig Jahre lang verheiratet zu sein?

Manchmal, für Augenblicke, erwachte sie aus ihrer Isolation, in der sie sich eingerichtet hatte, und erschrak darüber, daß sie sich ganz wohl fühlte so; nicht wohl, aber es war auszuhalten; es könnte schlimmer sein. Wer war schon glücklich? Man brauchte nur die Gesichter der Leute anzuschauen.

Elisabeth hatte da anders gedacht. Sie schien recht zu haben, hatte immer vier, fünf junge Männer um sich, die sich balzend gegenseitig zu übertreffen suchten, jeder wollte die Nummer Eins sein bei ihr. Du mußt ihn ja nicht gleich heiraten, hatte sie erwidert, als Rosina bemäkelte, diese Burschen röchen zu sehr nach Schweiß, und ihr unbändiges Gehabe erschrecke sie eher. Bist du vielleicht was Besseres? Wen stellst du dir denn vor? Einen Anwalt oder Architekten? Als Rosina ihr aufzählte, wie ihr Ideal-Mann beschaffen sein müsse, hatte Elisabeth gehöhnt, da könne sie ihr ganzes Leben lang warten. Was willst du, in zehn Jahren läuft mir keiner mehr nach, drum lebe ich jetzt. Mit dreißig gehörst' doch zum alten Eisen . . . Aus Schärding stammte Elisabeth; jetzt war es ihr wieder eingefallen. Ihre Eltern führten dort einen Gasthof und eine Tankstelle. Elisabeth war schon mit achtzehn Jahren von zu Hause fort, weil sie dort sogar am Sonntag als Kellnerin hatte arbeiten müssen.

Auf dem Baugerüst beim Corso knisterte und blitzte es, sie drehte den Kopf zur Salzach. Elektro-Schweißen war schädlich für die Augen; die Schweißer trugen ja auch dunkle Brillen.

Wurde sie schon senil? Wie Monika sie angeschaut hatte, ungeduldig. Das erinnerte sie allzusehr an sie selbst und Frau Suchy. Wenn die ihr etwas hatte erklären wollen, wußte Rosina immer schon nach ein paar Worten, um was es ging, was sie wollte; sie winkte ab, aber Frau Suchy ließ sich nicht unterbrechen, umständlich entwickelte sie, was der Händler in St. Johann am Telefon alles gesagt hatte, als Rosina abwesend war; und Rosina stand da, hinter ihrem Schreibtisch, mühsam beherrscht, die Hände zu Fäusten geballt und konnte Frau Suchy nicht aufhalten. Die geht mir auf die Nerven, die geht mir auf die Nerven! Rosina hatte den Brief, von Fellner am Vormittag diktiert, schon in der Postmappe, der Händler würde ihn morgen früh haben, und jetzt stand da diese Frau mit ihrem Schneckengehirn und erzählte ihr, was sie zu tun habe, hielt sie von der Arbeit ab.

Jeden Samstag in der Zeitung, auf der vorletzten Seite, das Ausflugsprogramm des Reisebüros Fiedler. Zur Hirschfütterung in die Ramsau; Obertauern, Liftkarte inbegriffen. Das winzige Büro in der Rainerstraße (es vermittelte nur Stadtrundfahrten, Stadtführungen, Ausflugsfahrten, Weekend in Venedig usw.) war nicht das, was sie sich unter einem Reisebüro vorgestellt hatte. Das Büro des Verkehrsvereines in Saalfelden war geräumiger und besser eingerichtet. Wie sie sich alles ausgemalt hatte, als sie die Anzeige gelesen und sich beworben hatte. Die Firma beschäftigte zwar zwölf Angestellte, aber die meisten waren Chauffeure und Reiseleiter. Im Laden hätten ohnehin nicht mehr als zwei Personen Platz gehabt. Frau Albrecht, diese hagere alte Jungfer, die ihre Brille an einem Silberkettchen um den Hals hängen hatte und gleich unmißverständlich zu verstehen gab, was sie von diesem Anlernling hielt . . . Rosina hatte die Stelle angenommen, sie wollte in die Stadt. Sie mußte ja nicht ewig in diesem Laden bleiben, vielleicht konnte sie im Sommer dann eine Stelle in einem richtigen Reisebüro finden. Die Tätigkeit war dann noch eintöniger, und die Stimmung im Geschäft noch frostiger, als sie befürchtet hatte. Die ersten Tage bekam sie Anfälle von Platzangst und war froh, wenn Frau Albrecht sie auf einen Botengang schickte. Die Kunden empfing immer sie, Rosina durfte Prospekte anfordern, Pakete öffnen, Prospekte falten, Bustickets ausstellen, Telefonate mit Gastwirten führen und für bestimmte Ausflugsfahrten

20 oder 30 Menüs vorbestellen. Gleich in den ersten paar Tagen schickte Frau Albrecht sie mit der Busliste zu Herrn Kindl, einem Chauffeur. Sie traf ihn in der Firmengarage, hinter dem Güterbahnhof. Er war dabei, einen VW-Bus zu waschen, ribbelte mit einem Rehhäutl die Fenster. Die Liste solle sie Herrn Maier ins Büro bringen, der fahre morgen zum Chiemsee. Maier lag in dem muffigen, nach Öl und Gummi riechenden Büro auf einer mit einer alten Decke überzogenen Couch und las in einem Pornoheft. Er schob es rasch unter die Couch, aber Rosina hatte die Rückseite schon erspäht. Bleiben Sie doch ein bißchen, lud er sie ein, der dem Alter nach ihr Vater hätte sein können. Auf dem schmierigen Tisch standen leere Bierflaschen und ein dreckiges Glas. Es ekelte sie vor dieser Umgebung, und sie sagte, sie müsse rasch zurück, Frau Albrecht schimpfe sie sonst. Brrr, Maier schüttelte seinen Kopf, die alte Drahtbürste. In der Chauffeursuniform sah er besser aus. An einem Sonntag machte sie eine Freifahrt zum Großglockner mit. Sie durfte neben ihm auf dem Reiseleiterstuhl sitzen. Maier erklärte von Zeit zu Zeit durch das Mikrophon die Landschaft, auf deutsch und in gebrochenem Englisch. Rosina schien der Beruf eines Reiseleiters plötzlich reizvoll. Sie stellte sich vor, sie leitete diese Gruppe, hätte 25 Leute hinter sich, erklärte alles, wüßte die Namen und die Höhe aller Berggipfel, die geschichtlichen Hintergründe der Baudenkmäler. Ab und zu würde sie eine Anekdote einflechten. Beim Mittagessen auf der Franz-Josefs-Höhe sagte Maier, das meiste erfinde er einfach, die Leute wollten sowieso bloß irgendwas hören. Nur die Deutschen wüßten immer alles besser, bei denen müsse man vorsichtig sein. Aber er sei Chauffeur und nicht Reiseleiter, er vertrete bloß Frau Fuchs, die schon die zweite Wo-

che krank sei. Rosina begann bald wieder die Stellenanzeigen in den »Salzburger Nachrichten« zu lesen. Frau Albrecht sah in ihr anscheinend nur eine dumme Gans vom Land. Als sie einmal vorschlug, die kleine Auslage abzustauben und neue Prospekte auszulegen, sagte Frau Albrecht: Was ihr einfalle, der Staub würde dann ins Büro geblasen. Außerdem gehe sie das nichts an, sie solle lieber die Busliste rasch fertigtippen, es sei schon halb sechs. Rosina las auch die Anzeigen der Rubrik »Zu vermieten«; langsam hatte sie es satt, mit Elisabeth zusammenzuwohnen. Immer mehr ließ diese alle anfallenden Arbeiten wie Abwaschen, Putzen, Staubsaugen, Kochen, Wäschewaschen Rosina tun. Elisabeth kam irgendwann am Abend nach Hause und pflegte zu fragen: Haben wir was zu essen? Du bist ein Schatz! Sie rechnete sich aus, daß ein Zimmer für sie allein auch nicht viel mehr kostete, als sie Elisabeth bezahlte.

Hatte sie tatsächlich jemals daran geglaubt, Fellner ließe sich ihretwegen scheiden? Allerdings hatte er sich öfter dermaßen über seine Frau, über sein Familienleben beklagt, daß sie schon auf solch eine Idee kommen konnte. Ich war zu träge, sagte sie sich, ich ließ den Dingen ihren Lauf, ich war zu schwach und unwissend.

Urlaubsreisen: Herr Weinberger erzählte von seinem mißglückten Urlaub in Porec, letzten August. Das unfreundliche Hotelpersonal, die sture, herablassende Bedienung in vielen Geschäften und Lokalen, die bedrückende Stimmung, die von den Einheimischen ausgehe. Nur wenn einer mit einem neuen Mercedes vorfahre, dann sprängen sie; dem würden sogar die Koffer getragen. Er fahre dieses Jahr wieder in die Schweiz, vielleicht Lugano, in der Schweiz würde auch ein kleiner Angestellter für sein Geld freundlich bedient.

Ihr abgeschabter brauner Teddybär, auf der Schlafcouch. Vor Fellner hatte sie ihn jedesmal versteckt, sie hätte sich geschämt. Außer der abgeknabberten hölzernen Haarbürste das einzige Überbleibsel aus ihrer Kindheit.

Ein Mercedes oder Porsche oder Mustang vermochte sie nicht mehr zu beeindrucken. Das wenigstens hatte sie gelernt in den letzten zehn Jahren, daß das Auto, das einer fuhr, nichts über den Wert der Person aussagte. Wie sie mit Erika und Liesl, den Kolleginnen der Berufsschule in Saalfelden, immer die »schicken Schlitten« vor dem Hotel Dick bewundert hatte. Und von den Autos hatten sie immer auf deren Besitzer geschlossen: Ich möcht' den!

Ist es die Selbstsicherheit, sind es die Umgangsformen, was zeichnet Leute wie Fellner aus, daß man sofort Zutrauen zu ihnen faßt? Was war das für eine Schule, durch die man ging, um ein Chef zu werden? Rosina hatte als Sekretärin öfter mit Geschäftsführern, Direktoren zu tun gehabt, und jedesmal hatte sie die Macht gespürt, die von diesen Leuten ausging, ein seltsames Gefühl der Geborgenheit, als könnte ihr jetzt und hier keiner etwas anhaben. Sie dachte manchmal, daß diese Wirkung etwas mit der Beeinflussung durch einen Schauspieler gemein habe, denn im Privatleben, beim Einkaufen, in der Sauna, beim Skilaufen, Schwimmen, waren Chefs anscheinend Menschen wie alle anderen. Sie wurden auch mitunter von ihren Ehefrauen heruntergeputzt. Sie hatte ja nun einen Chef aus der Nähe kennengelernt, aber trotzdem: wenn Herr Zöbl in ihr Zimmer kam, oder wenn er sie zu sich rief, wurde ihr heiß, fühlte sie sich wie ein Lehrmädchen, und gleichzeitig beschützt; sie gierte nach seiner Nähe und war froh, wenn er sie entließ. Bei Fellner hatte sie bald durchschaut, was er damit bezweckte, wenn er zu Fräulein Seidl oder zur Haslauer sagte, ihre neue Frisur stehe ihr hinreißend gut, heute sei sie wieder zum Anbeißen, oder, sie habe einen bewundernswerten Geschmack . . . Wie die dann den Kopf hoch trugen, wenn sie aus dem Chefbüro kamen, und wie sie dann auf die Tasten ihrer Schreibmaschinen losfingerten. Der Blick, den Frau Suchy in die Runde warf, wenn Rosina ihr über die Stellwand hinweg zurief, Herr Fellner wolle sie einen Moment sprechen.

Seine Firma sei mehr eine große Familie, das gute Betriebsklima stadtbekannt. Nur sei es wie mit den Kühen. Zuerst müsse man sie füttern (also etwas leisten), dann gebe sie Milch. Er hatte sie nach ihren Steno- und Maschinenschreibkenntnissen gefragt, nach ihrer Ausbildung im Kaufhaus Perner. Er riet ihr zu einem Fortgeschrittenen-Kurs in Maschinenschreiben und Steno. Alles andere bringen wir Ihnen bei. Also, sie könne dann mit einer Anstellung ab 1. Februar rechnen. Probezeit drei Monate. Sie hatte noch am selben Tag einen Brief an Mama geschrieben, in so herzlichem Tone wie schon lange nicht mehr. Unangenehm war, die Kündigung bei der Firma Fiedler auszusprechen. Elisabeth riet ihr, der Firma einen eingeschriebenen Brief zu schicken. Herr Fiedler, als er ein paar Tage später im Geschäft vorbeikam, sagte nur: So, Sie wollen uns also verlassen. Frau Albrecht reckte ihren Kopf in die Höhe. Gefällt es Ihnen nicht bei uns? fragte er. Schon, schon, hatte Rosina gestottert, aber sie habe eine besser bezahlte Stellung angeboten bekommen, und sie müsse mehr verdienen, da sie sich eine Wohnung nehmen und auf einen Wagen sparen wolle. Über eine Gehaltserhöhung hätte man auch mit ihm sprechen können, aber, naja, er werde Anweisung geben, daß ihre Abrechnung und ihr Zeugnis bis zum nächsten Ersten bereit seien. Rosina hatte nicht mehr zu erwidern gewagt, daß sie eigentlich mit einer zweiwöchigen Kündigungsfrist gerechnet habe; mit dem geplanten Urlaub zu Hause war es dann also nichts.

In der Früh die Olivetti abdecken, Wasser in den Verdunster des Heizkörpers nachfüllen, die Aloe am Fensterbrett ein wenig gießen. Der Blick hinaus über die Salzach. Die Brücke, der stockende Verkehr drunten, das Gehupe. An die Arbeit!

Wie allein sie da plötzlich gewesen war, von einem Tag auf den anderen. Wie die Kollegen, das heißt: mehr die Kolleginnen, sie geschnitten hatten, als Fellner sie zu seiner Sekretärin ernannt hatte. Sie erwartete ja nicht, daß ihr jemand gratulierte; aber wie dann nach der Betriebsbesprechung alle auseinandergelaufen waren, an ihr vorbei, als gäbe es sie gar nicht! Als hätte sie darauf hingearbeitet, als wäre ihr nicht selber in dieser Rolle am Anfang höchst unwohl gewesen! Errötet war sie, als der Chef von ihrem Fleiß, von ihrer Tüchtigkeit und ihrem Einsatz für die Firma gesprochen hatte.

Als Fellner ihr mit dem Cortina, einem Vorführwagen, den lang gespeicherten Wunsch nach einem eigenen Fahrzeug erfüllte, kurz nachdem sie den Führerschein erhalten hatte, war die Freude darüber bald nicht mehr so berauschend, wie sie sich das jahrelang vorgestellt hatte. Es war nichts mit den häufigen Fahrten nach Hause, zu Mama; das Zuhause mied sie zu jener Zeit; an Sonntagen war sie aufs Land gefahren, Richtung Fuschlsee–St. Gilgen meistens. Irgendwo, in einem Café, hatte sie haltgemacht; dann die endlose, quälende Rückfahrt in der Kolonne. Nach ein paar Monaten hatte sie die Lust daran verloren. Es war angenehm, sich abends, nach Dienstschluß, drunten im Hof in den eigenen Wagen zu setzen und nach Hause zu fahren, das schon.

Die verdrossen aussehenden jungen Pärchen, jeden Morgen vor dem Lift, im Lift, drunten im Hof. Die Männer, eine brennende Zigarette in der Hand, säuberten die Frontscheibe, die Mädchen warteten, Handtasche und Plastiktragbeutel in der Hand, neben der Wagentür, bis der Begleiter eingestiegen war und die Verriegelung an der Beifahrertür öffnete.

Warum gab es das nicht, daß Kollegen in einer Firma so miteinander arbeiteten und umgingen wie die Mitglieder einer Familie, in der es stimmte? Wo jeder für jeden da war, wo man keine Maske aufsetzen, wo man sich für nichts rechtfertigen mußte, wo keiner den anderen übertrumpfen wollte?

Wenn Heinz in der Berufsschule war, jeden Mittwoch, hatte sie den Gehsteig vor der Geschäftsfassade zu säubern gehabt. An dem Mauervorsprung unter dem Schaufenster der Ausstellungshalle hinterließen Passanten zerknüllte Zigarettenpackungen und andere Abfälle. Die ersten Wochen – wie unnütz sie sich vorgekommen war! Einer hatte sie zum anderen geschickt, wenn er gerade nichts für sie zu tun hatte. Alle älteren Kollegen schienen es darauf abgesehen zu haben, sie merken zu lassen, daß sie überflüssig war, eben gut genug, um die Post aus dem Postfach zu holen. Fellner kümmerte sich, so fand sie, lange nicht um sie, grüßte sie, wie er alle grüßte, wenn er um neun mit seinem Aktenkoffer durch den Gang kam. Fräulein Kargsteiner reichte ihm die Postmappe, und meistens forderte er sie auf, gleich mit ihm zu kommen, und sie verschwanden in seinem Büro. Nach ungefähr drei Wochen hatte er Rosina zu sich gerufen, nach der Mittagspause, hatte sie gefragt, wie sie sich eingewöhnt habe, wie es um ihre Fortschritte im Tippen stehe, und begann ihr gleich einen Brief zu diktieren. Er redete viel zu schnell, sie kam nicht mit, ihre Finger verkrampften sich, und als sie das Chefbüro verließ, um das Diktat abzutippen, getraute sie sich nicht zu sagen, daß sie nicht mitgekommen war. Sie wollte wenigstens versuchen, den Text zu rekonstruieren, aber sie erinnerte sich an nichts. Ihre eigene Schrift konnte sie nur mit Mühe entziffern, nach einigen Zeilen kamen schon Lücken, dann nur noch unleserliches Gekritzel, Fragmente von Kürzeln. Es hatte keinen Sinn, sie schaffte nicht einmal einen vollständigen Satz. Mit verheulten Augen eilte sie dann eine Viertelstunde später entschlossen in Fellners Büro und bekannte ihm, daß sie das Diktat nicht mitgekriegt hatte. Sie war sicher, daß der Chef sie nun entließe, die Probezeit war noch lange nicht um. Aber er war bereits mit etwas anderem beschäftigt, sagte bloß: Warum haben Sie das nicht gleich gesagt? Sie möge fleißig üben, in zwei Wochen komme sie wieder dran. Ein paar Tage später diktierte ihr die Kargsteiner ein paar Zeilen an einen Kunden, der Prospekte angefordert hatte. Danken für Ihr Interesse, beiliegend, mit freundlichen Grüßen. Nein, keinen Brief, eine Postkarte. Kargsteiner diktierte nicht so schnell wie der Chef, und Rosina konnte folgen. Als sie aber die Postkarte in die Maschine eingespannt hatte und zu tippen begann, machte sie Fehler, vertippte sich, was ihr beim Üben kaum je passiert war. Sie spannte die Karte aus, zerknüllte sie. Auch die nächste Karte konnte sie nicht fehlerfrei tippen. Als sie ihr die dritte Karte, an der sie radiert hatte, vorlegte, fragte Kargsteiner, warum sie so weit oben angefangen habe, wo es sich nur um dreieinhalb Zeilen handele. Das Schriftbild müsse eine Form haben. Ob sie das nicht gelernt habe.

In der Früh, noch bevor sie in die Firma ging, aufs Postamt, die Briefe und Päckchen aus dem Fach holen, im Büro dann, auf ihrem Arbeitstisch die Post öffnen, wobei Fräulein Kargsteiner immer zuerst die Briefe durchsah, als suchte sie nach einem Brief für sie privat. Nach zehn Uhr nochmals auf die Post; am Abend half sie der Kargsteiner beim Frankieren und schleppte die Post aufs Postamt. Lästig, immer das klobige Einschreibbuch in der Handtasche mitzuschleppen! Immer, wenn einer eine Briefkopie, ein Rundschreiben oder eine Aktennotiz nicht fand, rief er nach Rosina. Wo sie denn dies oder jenes wieder abgelegt habe. So hilfsbereit und willig war dort wohl nie wieder jemand gewesen wie sie in den ersten Monaten. Sie hatte Briefe für Kriechbaum getippt, wenn Fräulein Langer krank war, verschickte Prospekte für Herrn Kaltner, lief in die Verkaufshalle hinunter, wenn einer der Verkäufer Unterlagen benötigte. Fräulein Kargsteiner gewöhnte sich an, ihr direkt in die Maschine zu diktieren. Nie hatte sie ihre Miene zu einem Lächeln verzogen, in zwanzig Jahren würde die eine zweite Albrecht sein. Ab und zu, wenn die Atmosphäre besonders drückend war, schlich Rosina vor zu Fräulein Hengstler, die zwischen zwei Anrufen an ihrer Zigarette sog, und flüsterte ihr zu: Heute spinnt sie wieder extrem. Oder: Froh bin ich, wenn es heute sechse schlägt! Sofort rief dann die Kargsteiner, wo sie schon wieder stecke, ob Rosina nichts zu tun habe. Sie hatte bald gemerkt, daß Kargsteiners Laune von der Laune des Chefs abhing. Wie der Chef sie begrüßte, ob er sie sofort in sein Büro rief oder erst nach einer halben Stunde. Gelegentlich tauchte der Seniorchef auf, er grüßte jovial nach allen Seiten und betrat, ohne anzuklopfen, das Büro seines Sohnes. Einmal hatte Rosina ihn mit ungewohnt lauter Stimme reden gehört. Es hatte sich darum gedreht, die Vorführwagen in der Halle drunten »psychologisch günstiger« aufzustellen. Sie hatte öfter versucht, das Alter von Herrn Fellner zu schätzen. Er konnte vierzig sein, aber auch etwas älter. Er trug Seidenhemden, roch nach einem herben Eau de Cologne; das blonde Schnurrbärtchen und sein gebräuntes Gesicht ließen ihn gar nicht wie einen Geschäftsmann aussehen. Wenn sie dagegen an Herrn Fiedler dachte, dem immer die Hosen runterrutschten! Es hatte ihr damals nicht besonders gefallen im Haus Fellner, sie hatte sich wieder einmal alles anders vorgestellt. Immer bloß tippen, Besorgungen für die Kollegen, die Post öffnen und frankieren, Briefmarken ausschneiden, Kontoauszüge ordnen, die Ablage. Mit den Kollegen nie ein Gespräch über die üblichen, nichtssagenden Redensarten hinaus. Mit Frau Petzold, bei Perner, hatte sie sich jeden Tag zwischendurch, wenn's ruhig war, unterhalten, auch wenn der Chef im Laden war. Sie hatte Rosina alles über ihren Lebensgefährten erzählt, einen ehemaligen Postbeamten, der dann Hunde züchtete und verkaufte, nebenbei maßlos trank; und Rosina hatte der anderen ihre Gedanken und Sehnsüchte anvertraut. Frau Petzold hatte ihre Pläne, nach Salzburg zu gehen, eher erfahren als Mama. Rosina hoffte, einmal aus dem unmittelbaren Bereich der Kargsteiner wegzukommen, ganz gleich in welche Abteilung, am liebsten zu Herrn Kaltner, oder zu Herrn Kriechbaum, die am Ende des Saales ihre Arbeitsplätze hatten. Freilich wäre sie dann Herrn Fellner nicht mehr so nahe gewesen.

Alte Frauen redeten mit ihren Hunden wie mit Kindern, ungeniert, auch wenn man in ihre Nähe kam. Das bis ins Mark dringende Gekreische der über der Salzach kreisenden Möwen, die vollkommene Schönheit dieser Vögel, ihre vollendeten Bewegungen, ihre rhythmischen Flügelschläge. Woher nahmen Menschen die Vorstellung, sie seien die Krone der Schöpfung? Eine Möwe stand in dem seichten Gewässer, tauchte ihren Kopf hinein, schüttelte sich, tauchte wieder hinein in die dunkle Brühe.

Es hatte der Kargsteiner nicht gepaßt, wenn der Chef Rosina zu sich gerufen hatte. Als hätte sie was dafür gekonnt! Er hatte ihr wieder einen Brief diktiert und sie den dann abtippen lassen. Manchmal hatte er sie noch bei sich behalten, sie ausgefragt, wie es ihr im Haus gefalle, wie sie mit den Kollegen zurechtkomme, wie sie wohne, ob sie Probleme in ihrem Privatleben habe; sie blicke immer etwas traurig. Lachen Sie doch ab und zu einmal. Sie war errötet, wenn er sich ihr auf der ledernen Sitzgarnitur gegenübersetzte und sagte, er hoffe, sie habe einen netten Freund. Sie spürte seinen Blick, zog das Kleid über ihre Knie, schielte auf seine gebräunten, stark behaarten Hände. Manchmal trug er einen Ehering. Bevor er sie entließ, bat er sie um eine Tasse Kaffee. Als sie den Kaffee aufgebrüht hatte, nahm ihr Kargsteiner die Tasse vor der Tür zum Chefzimmer ab und brachte sie ihm selbst.

Kurz vor Rosinas zweiundzwanzigstem Geburtstag kam Ilse in die Firma. Fellner hatte ihr schon angekündigt, daß sie bald nicht mehr auf der untersten Sprosse der Leiter stünde. Ilse bekam einen Tisch bei Herrn Kriechbaum und Fräulein Langer, es wurde etwas eng dort. Rosina übergab ihr den Schlüssel fürs Postfach, und abends half nun die Ilse der Kargsteiner beim Frankieren.

Die Kolleginnen nahmen es ihr übel, daß der Chef *sie* als Vertretung für die Kargsteiner auserkoren hatte; sie gaben schnippische Antworten, wenn sie mit einer Frage ankam. Als hätte sie sich danach gedrängt. Es wuchs ihr ohnehin über den Kopf; sie hatten alle recht, Fräulein Seidl oder sogar Frau Suchy hätte die

Kargsteiner sicher besser vertreten. Rosina mußte alle Anrufe für den Chef entgegennehmen, die Post sortieren (die Kollegen machten sich einen Spaß daraus, ihr Briefe, die sie falsch ausgeteilt hatte, auf den Tisch zu werfen; als hätten sie diese nicht direkt in die betreffenden Abteilungen geben können). Kargi hatte sie am Mittwoch angerufen, der Arzt habe sie bis einschließlich Sonntag krank geschrieben; das hieß, daß Rosina die ganze Woche allein im Sekretariat war. Am Telefon versuchte sie nach der Schrift zu reden, und sie hatte nicht einmal Zeit, zwischendurch für ein paar Minuten zur Hengstler vorzugehen. Ein bißchen hatte sie Angst, auch *die* könnte nun etwas gegen sie haben. Sie ertappte sich dabei, daß sie die Ilse beim Frankieren genauso gängelte, wie sie von Kargi gegängelt worden war. Als Ilse einmal vergessen hatte, den Wert von vier Schilling umzustellen, und auch ein paar Drucksachen damit stempelte, schimpfte sie sie; entschuldigte sich dann aber, es sei nicht so gemeint, sie sei nervös, Fräulein Kargsteiner mache sie zur Schnecke, wenn die Portokosten stiegen.

Am Freitag jener Woche der Anruf für Kargsteiner; die Volksbank, der Direktor persönlich. Er hatte dann Herrn Fellner verlangt, und sie legte das Gespräch hinein, auf seinen Apparat. Die Tür hatte einen Spalt offengestanden, sie hatte gehört, daß der Chef sich mehrmals entschuldigte; er zeichne es sofort ab und schicke die Überweisung noch heute hinüber. Fellner war dann herausgekommen, hatte sich die Hose hochgezogen. Ob man sich denn in dieser Firma auf *keinen* verlassen könne. Das sei jetzt das dritte Mal, daß die Kargsteiner den Termin verschwitzt habe. Die Ilse mußte mit der Überweisung zur Volksbank.

Abends dauerte es wieder länger, auch Fellner blieb. Er fragte sie, ob sie noch etwas Zeit habe. Sie wollte schon antworten, daß sie in den letzten Tagen ohnehin nie vor acht aus dem Büro gekommen sei. Er diktierte ihr zwei Briefe, bat sie, die noch zu tippen und ihm vorzulegen. Er fahre mit ihr zur Bahnhofspost und bringe sie anschließend nach Hause. Während sie tippte, hörte sie ihn durch die angelehnte Tür mit einem Tennispartner telefonieren, er vereinbarte den Termin für ein Match. Der ganz andere Ton seiner Stimme dabei, das abgehackte, jungenhafte Lachen. Auf der Fahrt zum Bahnhof seine Fragen, wo sie wohne, ob sie zu Fuß zur Arbeit gehe oder mit dem Bus fahre. Sie benutzte die Gelegenheit und erzählte von ihrem Wunsch nach einem gebrauchten Auto, einem Austin-Mini; aber bis sie die Anzahlung beisammen hätte, verginge wohl noch eine Weile. Vielleicht gebe es da eine Möglichkeit, meinte Fellner, reagierte genau so, wie sie sich erhofft hatte. Von einem Austin könne selbstverständlich keine Rede sein, das wolle er nicht gehört haben. Wie lange sie nun in der Firma sei? Über zwei Jahre? Er würde sie gerne mehr verdienen lassen, er habe ihren Einsatz bemerkt, aber er könne keine Mitarbeiterin bevorzugen, auch wenn er sie besonders schätze, fügte er leise hinzu, das erzeuge böses Blut, die anderen würden sich das Maul zerreißen. Ob Sie nicht Lust habe, sich weiterzubilden, Kurse zu besuchen. Es gebe Sekretärinnenkurse, entweder abends oder im Internat. Wenn sie so einen Kurs positiv abschließe – die Kosten würde die Firma übernehmen –, dann könne er sie im Gehaltsschema um einige Stufen vorrücken. Wegen des Fahrzeugs ließe sich bestimmt eine Lösung finden. Er persönlich würde es lieber heute als morgen sehen, daß sie Fräulein Kargsteiner ablöse. Aber das geht doch nicht, hatte sie geflüstert. Das solle sie nur seine Sorge sein lassen. Ob sie zu Hause eine Schreibmaschine habe, zum Üben. 80000 bis 100000 Anschläge schaffe eine gute Schreibkraft am Tag. Sie hielten vor dem Gartentor in der Haunspergstraße. Jetzt wolle er sie nicht länger aufhalten, ihr Freund sei sicher schon ungeduldig, sagte er und sah sie prüfend an. Sie hatte bloß den Kopf geschüttelt.

Linsmaier, der Werkmeister aus der Service-Werkstatt, war auch einmal heraufgekommen, als Kargi krank war. Zögernd, die Mütze in der Hand, war er im Vorzimmer stehen geblieben und hatte nach dem Chef gefragt. Was Dringendes. Eine Woche vorher noch hatte er Rosina nicht einmal gegrüßt, als sie ihm die Benzingutscheine hinuntergebracht hatte.

Die Kollegen luden die lästigen Arbeiten bei ihr ab, verbanden alle Gespräche, die ihnen nicht paßten, zu ihr weiter; dafür sei sie zuständig. Herrn Peham, der in Wien ein dreitägiges Management-Seminar besuchte, hatte sie Hotelzimmer und Fahrkarte besorgt. Als er am Freitag zu ihr kam, um die Unterlagen abzuholen, erzählte er ihr, sein vierjähriger Sohn habe die Masern, er sei in Sorge, und sie merkte, daß er gar nichts gegen sie hatte, daß er einfach die ganze Zeit zu sehr beschäftigt, vielleicht auch ein wenig ungesellig war, um mehr als Guten Morgen und Mahlzeit zu ihr zu sagen. So war es wahrscheinlich mit einigen der anderen Kollegen auch. Die, welche schon zehn Jahre und mehr miteinander arbeiteten, hielten freilich zusammen, waren befreundet, trafen sich auch nach der Arbeit.

Herr Zöbl winkte sie in der Früh zu sich ins Büro und fragte sie, ob sie auf den Ball der Schönen Künste gehen wolle. Er habe noch zwei Karten zu verschenken. Sind Sie sicher? Na, dann nicht. Ja, er hatte recht: Es wäre die letzte Gelegenheit gewesen, übermorgen war Aschermittwoch.

Der Alte, welcher seinen weißen Spitz, wenn der neben einem Baumstamm sein Geschäft verrichtet hatte, auf die nächste Bank hob und seinen Hintern mit Papiertaschentüchern abwischte. Auf einer Bank saßen sechs oder sieben Schüler, auch ein Mädchen war darunter; sie rauchten, brüllten und versuchten sich gegenseitig von der Bank hinunterzuschubsen. Daß denen nicht zu kalt war!

Was die sich einbildet! Ob die überhaupt eine Ahnung hat, was eine Sekretärin alles können muß! Sekretärin! Fräulein Langer hatte so laut gesprochen, daß Rosina es hörte. Sie wußte selbst, daß sie nicht sattelfest war, aber sie hatte Kargi nicht rausgedrängt. Sie hatte übrigens mit dem Kopf zu sehr in der Arbeit gesteckt, um sich Gedanken über das Verhalten der Kollegen zu machen. Wenn die erst wüßten, was in Verona passiert war! Über Pfingsten waren sie zu der Freilichtaufführung von »La Traviata« gefahren, mit dem Autobus. Anschließend in dem dunklen Lokal mit der dröhnenden Kapelle. Herr Fellner hatte mit ihr getanzt, sie an sich gepreßt. Dann zu Fuß zum Jolly-Hotel, alle waren sie angeheitert, Fellner sang Arien.

Als sie es klopfen hörte, hatte sie geahnt, wer draußen stand, und war am ganzen Leib erstarrt. Sie war nicht fähig gewesen, aufzustehen. Es war ihr eingefallen, daß sie noch nicht abgeschlossen hatte; sie traute sich nicht, zur Tür zu schauen. Wie geht's dir, hörte sie ihn leise fragen; ist dir noch schwindlig? Er könne sowieso noch nicht schlafen. Sie erinnerte sich, daß er beim Tanzen auf sie eingeredet hatte; und sie hatte immer genickt, obwohl sie wegen der lauten Beatmusik kein Wort verstanden hatte. Zuviel getrunken. Sie konnte auch nicht reden, ihre Kehle war wie verriegelt. Er beugte sich über sie, und plötzlich merkte sie, daß sie dies auch wünschte, daß sie es sich schon öfter vor dem Einschlafen vorgestellt hatte. Es war der Chef, und er kam zu ihr, und nicht zu Fräulein Seidl oder Fräulein Löwinger. Ihre Gesichtsmuskeln zuckten jetzt, und sie begann zu weinen. Aber, aber, ich tu dir doch nichts. Bin ich so ein Ungeheuer? Er streichelte ihr Haar. Sie sah, daß er unter seinem braunen Morgenmantel nackt war. Mit einem Knie war er schon auf ihrem Bett. Seine behaarte Brust, sein Schädel. Er drückte seine Lippen auf ihre; es roch nach Whisky, Eau de Cologne, Tabak. Ihr ekelte leicht, als er mit seiner Zunge in ihrer Mundhöhle herumfuhr. Am nächsten Tag in der Früh dann die Heimreise, alle waren unausgeschlafen; der Chef saß vorne neben dem Fahrer, hatte seine Sonnenbrille auf, sprach manchmal ins Mikrophon, versuchte ein Späßchen, erklärte die Gegend. Er war betrunken gewesen gestern nacht, dachte sie, und jetzt ist es ihm zu dumm. Beim Mittagessen in Brixen mied er ihre Nähe, setzte sich zu Frau Suchy. Auch am Montag, im Büro, war er merkwürdig unnahbar, duzte sie nicht, redete kein außergeschäftliches Wort. Einmal versuchte er zwar ein Lächeln, aber irgendwas stimmte nicht. Sie überlegte, was sie falsch gemacht hatte. Aber hatte nicht *er* sich entschuldigt, stotternd, wie ein Junge, ehe er ihr Hotelzimmer verlassen hatte: Das wäre ihm noch nie passiert, zuviel getrunken. Es liege nicht an ihr, sie sei wunderbar, solle sich nichts draus machen.

Vor dem Büro könne er ja nicht auf sie warten, die Kollegen würden tuscheln. Sie hatte ihren Schirm zuschnappen lassen und war zu ihm in den Mustang gestiegen. Ein Obus der Linie 3 kam und hupte. Sie dachte: Wenn er eine Minute später gekommen wäre, wäre ich im Obus gesessen. Ob sie etwas vorhabe, ob er sie zum Essen einladen dürfe. Er kenne ein phantastisches Fischrestaurant in Hallwang. Hatte er sie schon einmal an der Haltestelle beim Kongreßhaus warten sehen? Sie lehnte sich zurück, genoß es, daß er nicht den Chef herauskehrte, sondern von den Beatles erzählte – aus dem Radio kam Hey Jude –, von deren Anfängen in Hamburg. Sie hatte das einmal in einer Illustrierten gelesen, tat aber so, als hörte sie die Geschichte zum ersten Mal. Ob sie manchmal in Konzerte gehe. Zuerst flüchtig, wie aus Versehen, dann immer ausgiebiger betätschelte er beim Schalten ihre Knie. Nach der Autobahnunterführung, in Kasern, fuhr er einen Seitenweg hinein, es war da völlig dunkel. Zum Essen sei es sowieso noch etwas zu früh. Ob sie eigentlich wisse, *wie* gut sie aussehe? Nur etwas öfter lächeln solle sie. Sie hatte Angst, daß jetzt gleich etwas geschähe, aber gleichzeitig wünschte sie es sich; ihr war nicht klar, was. Er würde sie gerne an der Stelle von Fräulein Kargsteiner sehen. Lang ginge das mit der sowieso nicht mehr. Sie bocke. Rosina erinnerte sich, daß Kargi, als sie wieder gesund war und Fellner sie wegen der Überweisungsgeschichte zur Rede stellte, zu ihr gesagt hatte, das Ganze sei grotesk; er wolle ja, daß sie die Rechnungen so lange liegen lasse, wegen der Zinsen. Er werde der Kargsteiner jetzt das Leben sauer machen, sagte Fellner. Rosina müsse nur fleißig und tüchtig sein. Ob sie es sich zutraue?

Als zum ersten Mal ein Bursche sie geküßt hatte – war's nicht der Egon gewesen, vom »Konsum«? –, da war sie furchtbar enttäuscht gewesen, weil sie dabei absolut nichts empfunden hatte. Sensationen hatte sie erwartet. Egon hatte gefragt: Was hast? und hatte die Asche von seiner Zigarette abgestreift. Der Geruch von Fellners süßlichen Zigaretten. Seit kurzem versuchte sie auch zu rauchen, wie alle anderen Mädchen und Frauen im Büro. Sie kaufte »Ernte 23«, weil ihr die Anzeigen davon in den Illustrierten so gefielen. Es tat gut, eine neue Packung in die Hand zu nehmen und zu öffnen. Der Chef hatte dann zu stöhnen begonnen und sich bemüht, sie an sich zu pressen. Immer war der Schalthebel dazwischen, und sie war gerührt: sie war die Ursache, daß der Chef sich so wand und in Erregung geriet. Hart arbeiten, aber die angenehmen Seiten des Lebens nicht zu kurz kommen lassen, hatte er während der Fahrt gesagt, das sei seine Philosophie. Man lebe nur einmal. Das wird noch ein schlimmes Ende nehmen mit uns, Rosi, flüsterte er.

Zuviel getrunken. Das Gelöbnis gebrochen. Aber es war Faschingsdienstag, und sie war auf keinem einzigen Ball gewesen. Monika hatte den Wein mitgebracht, Herr Weinberger den Rum, und Ulli eine halbe Flasche Whisky. Rosina hatte zuerst gebeten, für mich nur Tee, aber dann hatte sie auch von dem Punsch getrunken. Bis halb drei waren sie im Büro geblieben, sogar Herr Zöbl hatte einen Schluck aus Ullis Glas probiert. Höllisch! Ich hoffe, Kinder, von euch fährt keiner mit dem Wagen nach Hause heute. Rosina schien es dann auf dem Heimweg, die Menschen auf der Straße hätten sich verändert. Alle schienen fröhlich dahinzuschlendern, Mädchen, Frauen, Männer, Pärchen, und sie hatte Lust, irgendwen anzusprechen, ohne Scheu; so müßte es sein, war ihr. Wäre sie jetzt der jungen Frau aus der Buchhandlung begegnet, sie wären beide Tee trinken gegangen, ganz gewiß.

Wenn sie in den Spiegel sah, nach dem Zähneputzen, war ihr, die Zähne seien älter als sie.

Monika erzählte, ihre Schwester habe früher Gedichte verfaßt, philosophische Bücher gelesen, von Schopenhauer und so, Tagebücher geschrieben; seit sie verheiratet sei und ihr Baby habe, sei sie normal. Rosina hatte auch einmal versucht, ein Tagebuch zu führen, aber es fiel ihr dann nichts ein, was sie hätte niederschreiben können; es war nichts vorgefallen, was zu notieren sich gelohnt hätte.

Die Tagträume, das Pläneschmieden, das Sich-Ausdenken und Ausmalen von künftigen Ereignissen, das hatte aufgehört; die Tagträume beschäftigten sich jetzt meist mit dem Vergangenen, mit dem, was nicht mehr zu ändern war.

Ihre alte Firma macht sich ja, sagte Zöbl und zeigte ihr eine aufgeschlagene Zeitung, eine ganzseitige Anzeige. Ein Ford hält Wort. Manchmal wundere er sich, daß sie hier diese Arbeit tue. Sie sei doch die rechte Hand ihres Chefs gewesen, er habe ihr Zeugnis gelesen. Die rechte Hand! Sie erwiderte, sie sei dem Streß nervlich nicht mehr gewachsen gewesen. Ihr schien jetzt, sie sei der Ulli, Zöbls Sekretärin, bei weitem nicht ebenbürtig. Die behielt immer ihre Ruhe, war immer freundlich, hilfsbereit. Fellner, als sie ihm damals ihre Bedenken anvertraute, hatte gesagt, man müsse einen Menschen oft erst ins Wasser werfen, dann merke er, daß er schwimmen könne. Als sie Kargis Nachfolgerin geworden war, hatte sie keine Zeit mehr gehabt, darüber nachzugrübeln, ob sie es schaffe oder nicht. Die einzige ruhige Minute am Tag war jene, wenn sie in der Früh die Post sortiert hatte und dann die persönlich an Herrn Fellner adressierte ihm auf den Schreibtisch legte. Das Chefbüro war noch ohne Beleuchtung, düster, das Fenster ging auf den Hof, nur gedämpft war Autolärm zu hören; das dunkle, leere Zimmer versetzte sie beinahe in einen Zustand der Andacht. Wenn sie dann so um halb neun vor ihrem Schreibtisch stand, wußte sie meistens nicht, womit sie zuerst beginnen sollte. Den Rest des Diktats von gestern abtippen, die Statistik, die Aufstellung der offenen Rechnungen, die heutige Post . . . Das Telefon begann zu läuten, oft legte die Hengstler gleich ein zweites Gespräch darauf, oder auch ein drittes hinein ins leere Chefbüro, als könnte Rosina sich vervielfachen; aber die Seidl übernahm kein Gespräch für sie, wenn die Hengstler eins zu ihr, der dem Sekretariat nächsten Kollegin, verband; sie vermittelte das Gespräch sofort stur weiter zu Rosina. Wenn sie den Hörer aufgelegt hatte, mußte sie erst nachdenken, wo sie war, was sie tun wollte, wo sie steckengeblieben war. Oft klingelte das Telefon dann gleich abermals. Fräulein Kargsteiner hatte ihr nur die Evidenzmappe übergeben und einen Stoß unerledigter Post; mit eisiger Miene hatte sie ihren Schreibtisch ausgeräumt. Von einer gründlichen Einschulung, wie Fellner es versprochen hatte, war nicht die Rede. Kargi hatte noch Urlaubstage gut und war während der Kündigungsfrist nur noch drei Tage im Büro. Der Chef diktierte Rosina das Zeugnis für sie, und sie wunderte sich über das viele Lob, das er aussprach. Die Kolleginnen waren nun freundlicher zu Rosina, schienen sie gelten zu lassen, gingen mit ihr um, wie sie mit der Kargsteiner umgegangen waren, als der rechten Hand des Chefs. Aber sie wußte, daß sie hinter ihrem Rücken tuschelten: Das würden sie sich anschauen, wie die das machen wolle. Sekretärin! Ob sie überhaupt eine Ahnung habe, was alles zum Aufgabenbereich einer Sekretärin gehöre; selbst wenn der Fellner sie protegiere, aus bestimmten Gründen, hahahaha; drei Monate geb' ich ihr, dann schreit der Chef nach der Kargsteiner . . .

Lästige Kunden, die einen Wagen mit einer bestimmten Ausführung oder Farbe wollten, der nicht am Lager war, führten die Verkäufer zu ihr hinauf, wenn sie wußten, daß der Chef nicht im Haus war. Herr Peham kam mit seinen Anzeigentexten zu ihr, sie möge sie bitte durchsehen, Rechtschreibung sei nicht seine Stärke. Sie gewöhnte sich das Kargi-Lächeln an: immer ein freundliches Gesicht; das kostete Überwindung, und am Abend war ihr Gesicht verspannt und schmerzte; doch mit der Zeit gelang ihr diese Dauermiene ohne jede innere Teilnahme. Wenn eine

Kollegin an ihren Tisch kam, sagte sie: Ja, Liebchen, mach' ich gleich; sofort, mein Schatz . . . Im Juni hatte sie sich in die Fahrschule Magnus einschreiben lassen, ging zweimal die Woche gleich um halb acht vom Büro weg in die Bergstraße, zum Theorieunterricht. Die Fahrstunden hatte sie in der Mittagspause genommen. Zum Essen kam sie während dieser Wochen kaum noch. Sie gewöhnte sich an, drei, vier Tassen Kaffee am Tag zu trinken, den Aschenbecher auf ihrem Schreibtisch mußte sie mehrmals täglich auskippen. Der junge Fahrlehrer mit seinem roten Halstüchlein machte ihr einerseits Komplimente, andererseits, wenn sie nicht richtig auskuppelte, zu wenig Gas gab, den Motor abwürgte oder sich an einer Kreuzung falsch einordnete, konnte er grob werden und sie beschimpfen: So geht's aber nicht, meine Dame. Was hab' ich Ihnen gesagt! Menschenskind, was macht sie jetzt wieder!

Sie hatte sich kaum noch weggerührt von ihrem Schreibtisch, außer wenn Fellner auftauchte und sie in sein Büro holte. Ilse kam nicht mehr wie früher gelegentlich zu ihr, eine Zigarette rauchen, ein paar Minuten plaudern, nachdem Rosina einmal zu ihr gesagt hatte, sie habe im Augenblick wahnsinnig viel zu tun. Nachher bereute sie es, so schroff gewesen zu sein, wollte zu Ilse vor und ihr eine Zigarette anbieten, aber da klingelte schon wieder ihr Apparat. Kollegen, die den Chef sprechen wollten, riefen sie an und fragten, wie er heute aufgelegt sei, ob er wohl ein paar Minuten Zeit habe. Ennemoser, einer der Verkäufer, kam öfter mit einem Vertrag herauf, in dem nur noch die Unterschrift fehlte. Der Kunde wolle irgendeine Sonderkondition im Kaufvertrag, einen Zubehörartikel als Draufgabe, oder einen Rabatt, weil es sich um einen Firmenwagen handelte. Wenn Fellner nicht da war, erwarteten die Verkäufer, daß Rosina eine Entscheidung fällte. Einmal rief sie wegen einer solchen Angelegenheit beim Chef zu Hause in Elsbethen an. Eine Frau meldete sich nach einer Weile, war sehr freundlich, als Rosina ihren Namen nannte. Sie möge entschuldigen, daß sie es so lange habe läuten lassen, aber sie habe gerade Staub gesaugt. Ihr Mann sei nicht zu Hause, sie habe gedacht, er sei in der Firma.

So, wo ist er denn? hatte Fellner senior gefragt. Er öffnete seinen schwarzen Mantel mit Pelzkragen und warf einen Blick ins Chefbüro. Rosina tippte weiter an ihrem Brief. Das sollte sie aber nicht so auf ihrem Tisch herumliegen lassen, sagte der Senior und hielt ihr ein Schriftstück hin; es waren die Verkaufszahlen vom letzten Monat.

Manchmal hatte Fellner gesagt, er habe es nicht gern, wenn sie so viele Überstunden mache; sie wisse, daß er das ablehne. Sie erwiderte dann, sie bewältige die Arbeit einfach nicht in acht Stunden, und hoffte, er werde eine Andeutung machen, daß er eine Hilfe für sie einstellen werde. Kargi hatte auch nie allein gearbeitet. Rosina hatte sogar manchmal die Ablage gemacht, wenn Ilse von Kriechbaum so beansprucht wurde, daß sie nicht dazu kam. Einmal hatte sich der Papierstoß im Ablagekorb dreißig Zentimeter hoch angehäuft. Sie hatte nicht die Kraft, immer wieder Herrn Kaltner oder Herrn Kriechbaum darauf aufmerksam zu machen, daß die Ablage anstand. Am

Abend stellte sie sich den Ablagekorb auf ihren Tisch, begann selbst die Schriftstücke zu sortieren und einzuordnen. Vor halb acht, acht, halb neun, kam sie selten aus dem Haus. Sie war immer die letzte, und überall war es schon dunkel. Vorsichtig tappte sie im Finstern die Treppe hinunter. Wenn sie aus dem Haus trat, kamen meistens die Leute aus der Sechs-Uhr-Vorstellung des Mirabell-Kinos, zündeten sich im Gehen Zigaretten an, suchten ihre geparkten Autos.

Einige Male hatte sie Vorschläge zu Verbesserungen gemacht. Bei den Betriebsversammlungen hatte Fellner oft an die Mitarbeiter appelliert, eigene Ideen zur Rationalisierung der Arbeitsabläufe zu entwickeln. Für solche Pläne, wenn sie realisiert werden könnten, gebe es Sonderprämien. Einmal hatte sie Muster für Vordrucke entworfen, die ihrer Meinung nach Zeit und Porto sparen hülfen, ein anderes Mal ein vereinfachtes Ablagesystem, und einmal hatte sie angeregt: In die beiden Auslagen, die verstaubt seien, könne man etwas hineinstellen; Plakate ließen sich anbringen, Schnittmodelle von Motoren. Bei Mercedes-Benz hätten sie . . . Fellner hatte sie unterbrochen: Alles recht und schön, Röschen, aber das fällt in den Bereich von Herrn Ennemoser, und über dessen Kopf hinweg können wir . . . du weißt doch, wie empfindlich der ist. Hast du den Brief an den Doktor Laimer schon? Da hängen wir noch ein PS dran.

Sie machte bloß eine halbe Stunde Mittagspause, ging meistens hinüber in das Speiselokal Ebner, mit dem die Firma eine Sondervereinbarung hatte. Sie aß oft nur die Suppe, getrennt von den Kollegen, weil sie immer später kam und der Fellner-Tisch dann schon besetzt war. Andere Kollegen kamen auch manchmal später, die stellten sich dann einfach hin: Rückt ein bisserl! Aber Rosina setzte sich an einen anderen Tisch. Wenn die Kollegen beim Nachtisch waren, wischte sie schon wieder zur Tür hinaus und dachte: Jetzt reden sie wieder über mich.

Sie verdiente jetzt beinah das Doppelte von dem, was sie erhalten hatte, als die Kargsteiner noch in der Firma war. Ab und zu kriegte sie einen Rappel, sagte zur Hengstler, sie sei eine halbe Stunde weg, lief zu einer der Boutiquen am Kongreßhaus oder in der Rainerstraße, probierte Blusen, Pullis, Röcke, obwohl sie gar keine brauchte. Es war ein merkwürdiges Gefühl, an Geschäften vorbeizugehen, Dinge zu sehen, die ihr gefielen, und zu denken, sie könne sie sich kaufen.

Der Gaisberg, abends auf dem Heimweg: sah er nicht aus wie der üppige Oberkörper einer schlafenden Frau?

Bevor sie in einem Restaurant zu den Tischen traten, sah sich Fellner immer erst um. Sie müßten vorsichtig sein. Bist du aber ausgehungert, pflegte er zu sagen, und sie erwiderte, zu Mittag esse sie nie richtig, habe sie keinen Appetit. Ehe sie die Arbeit nicht erledigt habe, könne sie nicht essen. Iß nur, du wirst sowieso immer dünner. Wenn sie mit Fellner in der schummrigen Nische eines Lokals saß, schaute sie nie auf die Uhr. Da vergaß sie sogar, was unerledigt noch auf ihrem Schreibtisch lag. Am Abend könne sie sich nichts Warmes kochen, sagte sie, sie habe nur einen Tauchsieder, mit dem wärme sie sich heimlich im Bad die Milch oder koche sich Tee. Sie solle sich doch ein Appartement nehmen. Er habe ihr das schon längst vorschlagen wollen. Mach dir keine Sorgen wegen der Kosten, warf er ein, als sie den Mund verzog, du bekommst einen Werbekostenzuschuß von monatlich 1000 Schilling, steuerfrei. Für dein Zimmer zahlst du doch auch 1000 Schilling. Na also. Was würdest du sagen, wenn ich dich besuchen komme? Er habe gedacht, . . . magst du mich ein bißchen, Röslein . . . Geht ja niemanden etwas an, oder? Warum sagst du nichts? Wie von selbst fuhr ihr Arm über den Tisch, und ihre Hand legte sich auf seine. In einem Film hatte sie einmal eine Frau dies tun sehen. Er brauche sie, er habe das klar erkannt. Mit seiner Frau verbinde ihn nichts mehr, seine Gefühle seien eingefroren. Suchst dir was, gelt, eine Möblierte. Sie hatte schon oft an eine kleine Wohnung gedacht, wo niemand sie kontrollierte, wo sie sich nicht an der Treppe vorbeischleichen mußte, wenn sie nach einem schweren Tag Frau Fuchs weder sehen noch sprechen wollte. Und du besuchst mich dann manchmal? Ich wüßte nicht, was ich lieber täte, sagte Fellner und küßte ihr die Hand. Hatte sie ihn an jenem Abend zum ersten Mal unsicher geduzt?

Wie mit einem Beil war da eine Kerbe in ihr Leben gehauen worden. Es gab die Zeit vor dem Unfall und die Zeit danach. So wie Großmutter immer gesprochen hatte von der Zeit vor dem Krieg. Vor dem Krieg haben wir siebzehn Kühe gehabt, und ein Roß . . .

Wenn sie in Träumen mit dem Auto fuhr, erwachte sie immer mittendrin. Erzählen konnte sie das niemandem. Manchmal ein verrückter Gedanke: War diese Fahrt nicht das einzige in ihrem Leben, auf das sie stolz sein konnte? Sie stellte sich vor, sie wäre nicht so beschwipst gewesen, hätte keinen Unfall gebaut, wäre einfach immer weitergefahren, von Lend ins Gasteinertal, und immer weiter in südlicher Richtung. Vorher hätte sie sich natürlich ihr Sparguthaben auszahlen lassen müssen. Einfach abhauen, ins Blaue hinein, wie Jack Nicholson in dem Film. Und Mutter glaubte noch heute, Rosina sei damals unterwegs gewesen zu ihr.

Er war immer donnerstags gekommen, verschwitzt, nach seinem Tennismatch, den Trenchcoat über dem Dreß, und hatte sich erst einmal unter die Dusche gestellt. Hast du gar nichts zu trinken da? hatte er bei seinem ersten Besuch gefragt. Beim nächsten Mal brachte er mehrere Flaschen Whisky und Gin mit, vom Großmarkt. Er zog sich im Bad um, betätigte die Spülung. Rosina saß mit Herzklopfen auf der neuen Couch, sie mußte sich erst daran gewöhnen, daß Fellner sich in ihrem Appartement aufhielt. Er bewegte sich, als wäre er hier zu Hause, umfaßte sie von hinten, griff ihr an die Brüste, begann sie auszuziehen. Ihr ging es zu schnell, sie war nicht bei der Sache, schon wälzte er sich mit ihr auf der Couch. Ich brauch' dich Rosi, ich muß dich haben. Und sie ließ es über sich ergehen, hoffte, beim nächsten Mal werde er mehr Zeit haben, dann würde es schöner sein. Aber auch beim nächsten Mal hatte er kein Interesse an den beiden Sommerkleidern, die sie sich in der Boutique gekauft hatte; ihre Zeichnungen und

Skizzen aus der Schulzeit schaute er nur flüchtig an. Brav, brav, sagte er. Er kam immer rasch zum Ende, stöhnte dann so, daß es ihr zu Herzen ging. Während er sich anzog, erzählte er oft von der Tennispartie, daß er zuwenig trainiere, er habe die letzten Jahre arg nachgelassen, die Geräte in seinem Fitneßkeller verrosteten. 1945 habe er noch einrücken müssen, mit sechzehn Jahren. In der Nähe von Wien habe er den Einmarsch der Russen erlebt. Damals sei er in Form gewesen. In voller Marschausrüstung seien sie viele Stunden lang marschiert. Um neun, halb zehn war er immer schon wieder in seinen Kleidern, sie ließ ihn zur Tür hinaus, er nannte sie noch einmal sein Goldkind, bis morgen, gelt, und im Lift, ehe er die Tür zuschnellen ließ, machte er eine Kußhand. Manchmal war er auch eingeschlafen, dann brachte sie es nicht übers Herz, ihn zu wecken, ehe es Zeit war für ihn. Wenn er gegangen war, war es leer im Raum, sie spürte noch seine Hände an ihrem Leib, sein Geruch war noch in der Luft, sie knipste dann den Fernseher an. Liebte er sie? War das die Liebe? Ach, wie unerfahren sie war! Der Gedanke an den morgigen Arbeitstag (am Freitag war immer besonders viel los) brachte sie wieder ins Gleichgewicht. Im Bad steckte in einem Glas eine Zahnbürste in Cellophan; die hatte sie für ihn gekauft, aber er hatte sie nie benutzt.

Der Ball damals, im Hotel Pitter. Alle Kollegen nahmen teil, sie hatte das tiefausgeschnittene grüne Kleid angezogen, sogar Herr Peham hatte dauernd zu ihr herübergestarrt. Sie hatte mit Kriechbaum getanzt, war überrascht, wie sicher er sie führte; sie war sich nicht klar darüber, ob er sie nun verachtete; und wenn schon, war ihr egal. Fellner hatte nur einmal mit ihr getanzt, ihr ins Ohr geflüstert, er komme dann mit zu ihr, heute dürfe es ruhig auch ein wenig später werden. An der Bar machte ihr Tuscher den Hof, flirtete mit ihr. Tuscher, der war nicht lange in der Firma gewesen, er hätte ihr gefallen. An jenem Abend aber, in der Ballnacht damals, hatte sie für keinen anderen Augen als für Fellner. Sie dachte an das Nachher und kostete die Vorfreude aus.

Eine Zeitlang hatte Kriechbaum ihr durch Ilse kleine, witzige Briefchen nach vorne geschickt. Es waren versteckte Liebeserklärungen, und manche Anspielung verstand sie erst Stunden oder Tage später. Als sie dann einmal, wie sie vor lauter Telefonaten kaum zum Luftholen kam, zu Ilse sagte, der müsse ja viel zu tun haben, und Ilse ihm das brühwarm weitererzählte, ließ er's fortan bleiben. Ein paar Wochen danach (zu der Zeit hatten die Kollegen noch keine Ahnung, daß sie sich nach Dienst mit dem Chef traf) blieb er abends immer länger im Büro. Sie waren dann allein; wenn sie über die Glaswand hinweg in den Saal schaute, sah sie seine Lampe am Ende des Saales brennen, und er starrte zu ihr her. Als er sie dann endlich einmal fragte, ob er sie nach Hause fahren dürfe, blieb sie kühl, sagte, sie habe keine Ahnung, wie lange es bei ihr noch dauere heute.

Ilse, die es von der Seidl wußte, hatte ihr von seiner mißglückten Heirat erzählt. Nachher sei er wie ausgewechselt gewesen. Vor seiner Hochzeit ein Ästhet, in Kleidung, Haltung und Rede, habe er sich dann immer mehr gehen lassen. Von der Hochzeitsreise sei er, bereits nach einer Woche, allein zurückgekommen. Seine Frau habe da drunten in San Remo einen Italiener kennengelernt und sei mit ihm verschwunden. Erst ein paar Wochen später habe sie aus Genua geschrieben, sie wolle sich scheiden lassen. Kriechbaum habe damals oft eine Viertelstunde lang starr vor sich hingeblickt; den Kollegen habe er leidgetan, sie ließen ihn in Ruhe. Das mußte etwa ein Jahr vor Rosinas Eintritt in die Firma gewesen sein. Einmal hatte Ilse ihr hinterbracht, in der Buchhaltung hätten sie über Kriechbaum und sie geredet. Frau Kaindl habe gesagt, der Kriechbaum sei verschossen in die Rosi, und sie würde es ihm gönnen, daß er so ein braves Mädel bekäme. Wie hatten sie beide darüber gelacht! Oder wenn Ilse ihr erzählte, sie habe eine durchsichtige Bluse angezogen gestern, mit nichts drunter: Du hättest sehen sollen, wie der mich dauernd verstohlen angeglotzt hat! Wie sie ihm einmal im Sommer mit dem hauchdünnen Mini-BH, den sie sich in der Mittagspause gekauft hatte, vor der Nase herumfummelte. Er habe etwas gequält gegrinst und ein paar Tage darauf sie gefragt, ob er sie am Samstagnachmittag ins Kino einladen dürfe, oder in ein Konzert. Auf der Fahrt nach Verona war Rosina neben ihm gesessen, es hatte sich so ergeben. Sie hatte sich im Bus in eine freie Reihe gesetzt, zum Fenster, und er hatte sich neben sie gesetzt. Während die anderen herumalberten, Witze erzählten, hatte er ihr irgendwas über einen antiken Reiseschriftsteller erzählt, hatte ihn sogar auswendig zitiert. Das hatte sie gelangweilt. Sie hatte gemerkt, daß es einen Unterschied macht, mit jemandem ab und zu fünf Minuten zu plaudern (das tat sie gern mit Kriechbaum) oder ihm stundenlang zuzuhören. Sie selbst kam kaum zum Reden, er stellte ihr auch keine Fragen über ihr Zuhause, über ihre

Neigungen, er redete immer von den Dingen, die ihm etwas bedeuteten, und erwartete von ihr, daß sie darauf etwas zu antworten wüßte. Sie fühlte sich isoliert auf ihrem Platz. Sie hatte keinen vertrauten Umgang mit den anderen Kollegen, außer mit Ilse und der Hengstler, aber an diesem Tag, im Bus, wäre vielleicht Gelegenheit gewesen, dies zu ändern. Alle waren angeheitert, die Rotweinflasche kursierte, und wenn sie nicht auf ihrem Sitz festgenagelt gewesen wäre, hätte sie es vielleicht gewagt, sich neben Frau Suchy oder Fräulein Haslauer zu setzen, die beide allein auf ihrem Fensterplatz saßen. Sie lauschte nach vorne, wo Herr Kaltner seine Witze zum besten gab, um dann selbst am lautesten darüber zu wiehern. Kriechbaum merkte das und schwieg, und Rosina tat dann so, als schliefe sie. Seine Frau, dachte sie, wird sich gelangweilt haben mit ihm. Aber warum hat sie ihn dann geheiratet?

Wenn sie aber nun ab und zu an Samstagvormittagen eine Buchhandlung betrat (in Frage kamen immer nur solche, wo die Taschenbücher auf Ständern oder in Regalen frei zugänglich waren), wenn sie Bücher las, in denen das Lesen mit Anstrengung verbunden war, Biographien, Reiseberichte, anspruchsvolle Romane, populär-psychologische Werke, dann verdankte sie das wohl Kriechbaum.

Einmal hatte sie auf seinem Tisch ein Buch über Autosuggestion liegen sehen; als sie danach greifen wollte, räumte er es rasch in die Schublade. Das interessiere sie sicher nicht. Damals, als sie öfter, wenn sie die Post austeilte, bei ihm, an seinem Schreibtisch stehen blieb (immer verstand er es, sie mit einer Frage oder einer witzigen Bemerkung zum Verweilen einzuladen), pflegte er zu fragen, was sie gerade lese. Entrüstet sagte er dann, es sei schade um die Zeit, solchen Schund zu lesen. Da könne sie gleich in den Glotzkasten schauen. Das tue sie auch, erwiderte sie dann, um ihn zu reizen. Mit den Büchern sei es wie mit den Menschen. Wenn ich, sagte er, die Chance habe, ein Zwiegespräch, sagen wir: mit Goethe, zu führen, dann werde ich mich doch nicht mit einem drittklassigen Schnulzenschreiber abgeben. Aber gar nicht, das sei ein Vorurteil, sie solle »Wilhelm Meisters theatralische Sendung« lesen oder den »Werther«; er besorge ihr das Buch, es sei in einer einfachen, leicht verständlichen Sprache geschrieben. Sie erwiderte dann, bevor sie weiter die Post verteilte, sie lese meistens im Bett, vor dem Einschlafen, und die Romanhefte könne man viel bequemer in der Hand halten als ein dickes Buch. Die Bücher, die manchmal auf dem Fensterbrett neben seinem Schreibtisch lagen, nahm sie ab und zu in die Hand. Manchmal reizte sie der Titel, ein Buch anzublättern, »Eine Liebe von Swann« zum Beispiel. Als sie dann zu Hause darin las (sofort hatte er ihr den Band aufgedrängt), fand sie den Roman langweilig und las nicht einmal die Hälfte.

Am Kai plötzlich die Erinnerung an den Traum: Sie war mit Zöbl am Rathausplatz gestanden, abends, keine Passanten in der Nähe, er hatte sich um sie gedreht, in einer Art Ringelreihen. Aber er war viel jünger gewesen und hatte überhaupt ganz anders ausgesehen. – Gestern hatte er kurz zu ihr hereingeschaut, gefragt, wie es mit dem Buchen gehe . . . Sie hatte sich seit Tagen vorgenommen, ihm bei Gelegenheit zu sagen, daß die Olivetti (obwohl sie gedacht habe, sie sei nun an sie gewöhnt) doch anfange sie aufzureiben. Nachdem sie monatelang das Rumpeln und Anschlagen des Wagens gar nicht mehr gehört habe, höre sie es nun auf einmal wieder, und sie habe die Geräusche noch abends im Ohr, wenn sie im Bett liege. Als Zöbl dann so freundlich nachfragte, verschob sie die Klage auf ein anderes Mal.

Vielleicht liest der Freund? Der Bursche ließ nicht locker. Nein, auch nicht, erwiderte Rosina. Sie roch den Schnapshauch des Agenten. Vielleicht doch ein Probe-Abonnement? Als wollte er die Hefte nicht wieder mitnehmen, drückte er sie ihr in die Hand. Sie schloß die Tür. Praline, Quick, Revue, Wochenend, Welt im Heim, überall draufgestempelt: Werbeexemplar. Drei abgeschlossene Romane, stand auf einem der Hefte. Nun legte sie sich doch auf die Couch und blätterte die Illustrierten durch.

Beanspruchen Sie ihn bitte nicht zu lange, hatte Ulli gesagt. Rosina brachte den Satz nicht aus ihrem Sinn, als sie schon längst wieder in ihrem Buchhaltungskämmerlein war. Sie hatte den freien Tag bekommen und konnte mit Monika morgen nach München fahren. Hatte sie nicht selbst oft wichtigtuerisch Fellner von den Mitarbeitern abzuschirmen versucht? Kein Wunder, daß die Kollegen ihr aus dem Weg gegangen waren!

Wie bin ich gewesen damals? fragte sie sich. Hatte es sie heimlich befriedigt, zu bemerken, wie die Kollegen reagierten, wenn sie in der Früh auftauchte, durch den Mittelgang wischte und den Blick nach links und nach rechts warf, über die Trennwände hinweg. Sie war der Schatten des Chefs geworden, seit Frau Suchy sie eines Abends mit Fellner im Restaurant Pfeffermühle gesehen hatte. Einmal war auch Herr Kaltner gerade über einen Zebrastreifen gegangen, als sie im Wagen des Chefs saß; Kaltner hatte freundlich gewinkt. Wenn sie in der Früh auftauchte, fingen die Mädchen an zu tippen, die Herren griffen nach einem Akt oder beugten sich über ihre Schriftstücke und Preislisten; die einzige, die ruhig blieb, war Frau Kaindl, aber die hatte es auch nie gerissen, wenn Herr Fellner plötzlich in der Buchhaltung stand.

Warum bloß der Drang, alles selbst erledigen zu wollen? Fräulein Kargsteiner hatte das schon so praktiziert. Die vermasseln das doch bloß, hatte sie einmal zu ihr gesagt, das mach' ich lieber gleich selbst. Auch Rosina, als sie später die Post öffnete und verteilte, war immer wieder einmal beim Lesen der Post darauf gekommen, daß den Kollegen Irrtümer unterliefen, ein fehlerhafter Anzeigentext, ein Ziffernsturz auf einer Abrechnung, eine falsche Kontingent-Zuteilung. Aber waren nicht auch ihr Fehler unterlaufen? Rasch hatte sie Beschwerdebriefe in ihrer Schublade verschwinden lassen und sich dann für den »Irrtum eines Kollegen« entschuldigt.

Die Firma hatte in jenen Jahren floriert, sie hatten mehr Autos verkauft als je zuvor, sie waren die erfolgreichste Bundesländervertretung. Ob sie's jetzt auch noch waren? Ab und zu hatte Fellner zu ihr gesagt, sie arbeite zuviel, sie solle abends nicht so lange in der Firma bleiben. Einmal hatte er gefragt: Schaffst du es auch allein? Warum hatte sie damals nichts gesagt? Verstand es sich von selbst, daß sie, mit viel weniger Praxis als Kargsteiner, es allein meisterte? Insgeheim hatte sie immer weiter gehofft, der Chef stelle ihr bald eine Hilfskraft zur Seite. Andere Abteilungen, zum Beispiel die Disposition, waren bei weitem nicht immer ausgelastet. Oft wenn Rosina ins Büro von Herrn Peham kam, blätterte Frau Seidl neue Kataloge oder sogar ein Modeheft durch, und Frau Suchy saß zuweilen am Schreibtisch von Herrn Kaltner und unterhielt sich mit ihm. Manchmal hatte sie sich in die Vorstellung hineingesteigert, alle Kollegen außer ihr drehten die Daumen, nähmen ihre Arbeit nicht ernst. Sogar Frau Kaindl, die die Prokura hatte und von den Mädchen in der Buchhaltung gefürchtet wurde, bekam manchmal Anwandlungen von guter Laune, drehte dann ihr Radio an. Musik rege sie bei der eintönigen Arbeit an. Andauernd lief jemand mit einer dampfenden Kanne aus der Teeküche.

Wie oft hatte sie mittags durchgearbeitet, nur manchmal die Hände über die Augen gelegt, für eine halbe Minute. Vielleicht hatte sie einmal zum Fenster hinausgeschaut, in den Hof, wo die Kolleginnen eingehängt zwischen den Unfallautos im Kreis spazierengingen. Die vierte oder fünfte Tasse Kaffee getrunken, eine Kopfwehtablette dazu, einen neuen Briefbogen in die Maschine gespannt. Wenn Fellner unterwegs war, auf Geschäftsreisen, schickte er ihr kleine Tonbänder seines Taschen-Diktiergeräts, es waren kurze Briefdiktate darauf, Aktennotizen, und ab und zu auch ein paar private Worte für sie; die hörte sie mehrmals ab, es fiel ihr schwer, das Band zu löschen.

An den Donnerstagen hatte sich immer dasselbe ereignet: Er klingelte, die längliche Tasche mit dem Tenniszeug in der Hand, manchmal auch eine Flasche Sekt, selten einmal Blumen. Sie fragte, ob er Hunger habe, ob sie was herrichten solle. Er: Mach dir keine Mühe, höchstens ein paar Würstel, wenn du dahast. Und Kartoffelsalat? Denn als sie ihm einmal ihren Kartoffelsalat anbot, hatte er ihn gelobt. Seine Frau könne den nicht so geschmackig machen. Sie löffelte ihren Joghurt. Und er wie üblich: Sie müsse mehr essen, sie werde immer dünner. Während er die Würstchen aß: Wie war's heut in der Firma? Als wäre er nicht dagewesen. Frau Schwaiger sei noch immer krank und habe kein ärztliches Attest geschickt. Die drei Caravans seien endlich avisiert worden, sie seien unterwegs von Köln, ach so, das weißt du ja. Und nach einer Weile, wenn er sich den Mund abgewischt hatte, pflegte er zu sagen: Ach ja, Röschen, wenn ich dich nicht hätte – rückte näher zu ihr hin, legte seinen Arm um sie, tätschelte ihre Schulter, und automatisch wiederholten sich dann seine Zärtlichkeiten. Wenn er gegangen war, zog sie sich den Bademantel an, konnte vor Müdigkeit plötzlich kaum die Augen offenhalten. Trotzdem drehte sie noch den Fernseher an. Die Leere, die Unmöglichkeit, etwas zu empfinden. Wenn sie endlich das Licht gelöscht hatte, dachte sie an den morgigen Tag. Herrn Kriechbaum mußte sie noch die Kopie des Schreibens der Firma Rebmann geben; der Schrank mit dem Büromaterial mußte kontrolliert werden, sicher waren einige Dinge nachzubestellen, vor allem Briefumschläge. Am Freitag hatte sie sich dann schon wieder auf den Donnerstag gefreut, als brächte das nächste Mal endlich das ersehnte, beglückende Erlebnis.

Ab und zu hatte sie sich überwunden, hatte eines ihrer neuen Kleider angezogen und war am Samstagabend in das Stadtzentrum gefahren, um fein essen zu gehen oder in einem Café etwas zu trinken. Aber immer war ihr gewesen, als gehörte sie nicht dazu. Männer redeten sie blöd an. Na Hübsche, wie wär's? In den Restaurants waren meistens alle Plätze besetzt. Sie fürchtete sich davor, durch ein volles Lokal zu gehen, angestarrt und eingeschätzt zu werden. Ins Kino ging sie am liebsten erst dann, wenn es drinnen schon dunkel war, wenn die Wochenschau lief.

Es sei besser, zehnmal nein zu sagen, als einmal ja, hatte Mutter ihr öfter eingebleut. Zu Weihnachten hatte Rosina bemerkt, wie viele weiße Haare ihre Mutter schon hatte. Und massig wurde sie. Neunundvierzig Jahre, das war das Alter von Frau Suchy! Wenn sie an zu Hause, an Mama dachte, rechtfertigte Rosina nun die Seltenheit ihrer Besuche damit, daß sie kein Auto mehr hatte. Aber vor dem Unfall war sie auch nicht öfter als zwei-, dreimal im Jahr nach Saalfelden gefahren. Sie wollte nicht von allen Leuten, ihre Mutter eingeschlossen, hören, wie schlecht sie aussehe, nichts über ihr spitzes Gesicht und ihre bläßlich-gelbe Gesichtsfarbe. Zu Weihnachten war ihr wohl gewesen, einen ganzen Nachmittag hatte sie für sich gehabt, in der Wohnung, die Mama schon vorgeheizt hatte; die abgegriffene hölzerne Haarbürste, die sie als Zehnjährige geschenkt bekommen hatte, in der Hand, hatte sie sich auf ihrem Bett eingerollt, und die Augen waren ihr naß geworden. Dann hatte sie die kleine Tanne geschmückt. Als Mama am Abend kam (normalerweise schlief sie in ihrer Dachkammer im Hotel), war es doch wieder nicht zu einem vertrauten Gespräch gekommen. Fern von Mama, schien ihr dieses Gespräch immer möglich.

In vier Monaten war sie noch kein einziges Mal zu spät ins Büro gekommen. Solche Privilegien, wie sie allmählich sich genommen hatte, als sie etwa zwei Jahre Fellners Sekretärin gewesen war, würde sie nie wieder haben. Sie war in der Früh nicht mehr pünktlich um acht, sondern erst um halb neun oder gar erst um neun in die Firma gekommen. Da sie nachts unruhig schlief, wachte sie am Morgen nicht rechtzeitig auf; sie haßte es, vom Schrillen des Weckers aufgescheucht zu werden, schaffte es aber anders nicht, sich um dreiviertel sieben aus dem Bett zu erheben. Der Chef hatte sich ohnehin kaum einmal vor halb zehn blicken lassen. Ab und zu, wenn sie doch pünktlich gekommen war, hatte sie gemerkt, wie es die Kollegen riß. Die mochten wohl in phantastischen Vermutungen schwelgen, wie sie jeden Abend mit dem Chef verbrachte. Wenn sie dann, nachdem sie ihre Kostümjacke aufgehängt hatte, mit einem Staubtuch zum Couchtisch in der Besucherecke neben der Eingangstür ging und die Glasplatte abwischte, wußten die Kollegen nicht: war sie zufällig da, oder kontrollierte sie, wer unpünktlich war. Manchmal konnte sie es sich nicht verkneifen, zur Hengstler zu sagen: Den Telefonkasten könntest du auch einmal abstauben, wenn die Putzfrau es schon nicht sieht.

Hatte sie einmal eine Erkältung oder solche Kopfschmerzen, daß sie nicht ins Büro konnte, wie unangenehm war es da, anrufen zu müssen (Fräulein Seidl oder Frau Suchy; die saßen am nächsten zum Sekretariat, hatten nicht weit zu laufen, wenn ein Durchwahlgespräch hereinkam für Rosina); kleinlaut mußte sie bitten und erklären. Fräulein Hengstler darf die Gespräche auf Ihren Apparat legen, ja? Und sagen Sie's bitte dem Chef, wenn er kommt, danke. Und Fräulein Seidl wünschte gute Besserung, und Rosina konnte es beinahe riechen, wie sie jetzt alle Kaffee kochen gingen und sich's gemütlich machten, bis der Chef kam.

Auch der Chef hatte Zeit verschwendet. Wenn er ihr umständlich etwas erklärte, hatte sie ihn unterbrochen und ihm das nächste Schreiben vorgelegt. Fellner neigte manchmal dazu, wenn er etwas mit ihr besprach, vom Hundertsten ins Tausendste zu kommen; er schweifte ab, erzählte von einer Neuerwerbung für seine Münzsammlung, oder von seinem elfjährigen Sohn, der in der Schule Schwierigkeiten hatte, und sie knipste dann ununterbrochen den Drücker ihres Kugelschreibers aus und ein, oder blickte ihn so lange an, bis er zur Sache kam. Hatte er ihr früher zu schnell diktiert, so ging es ihr jetzt oft zu langsam. Draußen wartete immer ein Haufen Arbeit auf sie, und die schien ihr wichtiger als das, was Fellner mit ihr zu besprechen oder zu diktieren hatte. Notfalls konnte sie die meisten Briefe auch selbst formulieren, wenn er ihr nur ein paar Stichworte gab. Im Grunde handelte es sich immer um das gleiche. Er nannte sie im Büro nicht mehr seinen Sonnenschein, berührte auch nicht mehr ihre Knie, und sie fand das in der Ordnung so, Zeitverschwendung vertrug sie nicht.

Noch gute drei Monate. Zöbl hatte ihr, weil sie so brav gebucht habe, für Mitte Juni eine Woche Sonderurlaub versprochen, als Anerkennung. Anspruch auf Urlaub hätte sie ja erst im Herbst. Sie solle in den Süden fahren, damit sie ein wenig Farbe bekäme. Abends, auf dem Heimweg, spann sie Pläne, wohin sie fahren könnte; aber es handelte sich bloß um eine Woche, da zahlte sich eine weite Reise nicht aus; vielleicht an die Adria, eine Woche am Strand liegen, und sogleich fiel ihr ihre erste Fahrt nach Jesolo ein, mit Ilse, und dann noch eine zweite Badereise nach Jesolo, ein paar Jahre später. Wochenlang hatte Ilse ihr zugesetzt, ihr erzählt von dem langen Strand, den hübschen Italienern, dem Hotel Palma, das von zwei jungen Brüdern geleitet wurde. Ilse hatte wohl Kriechbaum davon erzählt und ihm den Hotelprospekt gezeigt; denn einmal, als Rosina mit ihr in der Kundendienst-Abteilung stand – sie besprachen den Einkauf von Badesachen –, murmelte er, die Hotels in Jesolo machten das beste Geschäft damit, daß Hunderte von jungen Mädchen und Frauen da hinunterfuhren, um sich nachts von Kellnern, Köchen und Hotelburschen beschlafen zu lassen. Dann führen sie wieder nach Hause und verwandelten sich in brave, saubere Töchter und Ehefrauen. Am Tage ließen sich die Leute in der Sonne braten und hielten es auch noch für schick, wenn sich die Haut färbte. Der ist ja nur sauer wegen seiner Frau, hatte Ilse hinterher gesagt und gekichert. Allein wäre Rosina nicht nach Italien gefahren, aber sie hatte sich darauf gefreut, mit der aufgekratzten Ilse ans Meer zu fahren, einmal zwei Wochen an etwas anderes zu denken als ans Büro. Sie stellte sich vor, einen heftigen Flirt mit einem Italiener zu haben; vielleicht, so dachte sie, stellte sie sich dann nicht mehr so ungeschickt an und errötete nicht mehr, wenn Herr Fellner sie in sein Büro rief. Aber dann hatte sie es sich sofort mit einem der

Brüder verscherzt, der ihnen nach der Ankunft das Zimmer zeigte (die Koffer hatten sie selbst ins zweite Stockwerk schleppen müssen). Kaum daß er die Tür aufgeschlossen und aufgestoßen hatte, umfaßte er sie von hinten, drückte ihre Brüste, preßte sie an sich, und Rosina, erschrocken, müde von der langen Busfahrt, wehrte sich, riß sich los, und der Hotelier gab ihr einen Stoß, murmelte ein unverständliches Schimpfwort und verzog von da an die ganzen zwei Wochen das Gesicht, wenn er sie sah. Dafür machte Bruno sich an Ilse heran, die meisten Nächte hatte sie in irgendeinem der leerstehenden Zimmer mit ihm verbracht. Beim Morgengrauen erschien sie meist in ihrem Zimmer, zerdrückt, mit blauen Flecken überall. Das sei ein richtiger Affe, sagte sie nach der ersten Nacht, behaart sei der, und er tränze, sein Mund sei voll von dünnflüssigem Speichel, beim Reden versprühe er den. Ekelhaft . . . nie wieder, das könne sie Rosina flüstern, sie habe nichts versäumt. Aber am Abend, wenn sie von einem Spaziergang auf der Via Bafile zurückkehrten und in der Hotelbar einen Kaffee tranken, erschien bald Bruno, legte seinen Arm um Ilse und führte sie hinauf. Am Strand wurden sie von Eisverkäufern oder herumstreunenden jungen Burschen angesprochen, die dann meistens irgendwelche billigen Schmuckstücke aus der Tasche zogen. In einer der Bars, die sie ab und zu während ihrer abendlichen Spaziergänge besuchten, lernten sie eines Abends zwei Italiener kennen – hübsch sahen sie aus –, die ohne viel Herumredens (ein paar Brocken Englisch mußten genügen) sie beide zum Strand schleppten und sie drängten, sich auszuziehen, ja, selbst Hand anlegten. Aber sogar Ilse war es in der Dunkelheit am Meer unheimlich und zu kalt, und sie flohen auf die Hauptstraße. Als Rosina sich am letzten Abend überwand und Luca, den Bruder von Bruno, anlächelte, strich der ihr übers Haar und radebrechte, daß er für diese Nacht schon mit Helga verabredet sei. Dort am Tisch saß sie, blond und aus Düsseldorf und konnte es kaum erwarten, daß die Hotelbar geschlossen wurde. Rosina sei hübscher, aber versprochen sei versprochen. Mitten in der Nacht weckte Ilse sie. Sie habe Bruno erzählt, daß Rosina so unglücklich sei, weil keiner sie angelacht habe, und daß es ihr auch leid täte wegen des ersten Abends. Sie solle Rosina halt in Gottes Namen holen, habe Bruno gesagt. Na, was ist? Das ist nichts für mich, hatte Rosina erwidert und sich im Bett herumgedreht. Wie lang war das her? Acht, neun Jahre! Ein paar Jahre später dann die zweite Fahrt, allein. Fellner war zu dieser Zeit mit seiner Familie nach Gran Canaria geflogen. Als sie an einem Sonntagabend ankam, war es wie damals mit Ilse: der Geruch des nahen Meeres, die heiße Luft, die vielen ungezwungen gekleideten, fröhlichen Menschen. Aber das Hotel Torino, das man ihr im Reisebüro empfohlen hatte, war elegant und groß, nicht zu vergleichen mit jener Bude, dem Palma. Das Zimmer war hell und sauber. Der Wirt sprach fließend Deutsch und setzte sie im Speisesaal zu einem älteren Ehepaar aus Augsburg. Insgeheim hatte sie auf eine, wenigstens *eine* tolle Nacht gehofft, aber im Torino ging es korrekt zu; keiner der jungen Kellner, die ihr im Speisesaal immer zulächelten, klopfte nachts an ihre Tür, obwohl sie es erhofft hatte. Sie dachte an den Sonnenbrand vom letzten Mal und setzte sich unter einen Schirm, las einen dicken Roman von Simmel. Stundenlang sah sie aufs Meer hinaus. Kein Mensch kümmerte sich um sie; nur der bärtige Wiener, der im Speisesaal allein an dem kleinen Tisch neben dem Eingang saß und als einziger, wie sie beobachtete, Bier trank, strich einige Male um ihren Liegestuhl herum, versuchte ein Gespräch über das Segeln in Gang zu bringen. Man könnte ein Boot mieten, aber allein mache es keinen Spaß. Du bist zu abweisend, hatte sie sich gescholten, als der Mann steif zu seinem Liegestuhl zurückgeschlendert war; sie hatte meist gar nicht von ihrem Buch aufgeblickt, obwohl sie nicht las, aber er gefiel ihr auch nicht. Wenn sie sich dann selbst im Spiegel anschaute, war sie unzufrieden. Die Gesichtshaut war häßlich gerötet und unrein, die Falten auf der Stirn waren wie mit weißer Kreide eingeritzt. Sie war dann in einen Salon an der Via Bafile gegangen und hatte sich die Haare richten lassen. Am Abend machte sie sich schön, malte sich sogar die Lippen an, wollte ausgehen, koste es, was es wolle. Als sie nach dem Essen das Hotel verließ, hängte der Wiener sich an sie an. Ob sie etwas Bestimmtes vorhabe, sonst könnte man. Sie schüttelte den Kopf und machte sich eilig davon, setzte sich in ein Tanzlokal an der Piazza Marconi, an dem sie schon öfter vorbeigegangen war. Es war noch nicht viel los. Einmal forderte sie ein gutaussehender, englisch sprechender Jüngling zum Tanz auf und führte sie nach zwei Nummern wieder auf ihren Platz; das Mädchen, auf das er gewartet hatte, war gekommen. Sie ging bald wieder ins Hotel zurück, sah den Wiener auf der Terrasse sein Bier trinken, setzte sich zwanglos zu ihm an den Tisch, kramte in ihrer Handtasche herum, bestellte einen Campari-Soda, und er begann wieder vom Segeln zu reden. Er war sichtlich schon etwas beschwipst. Vom Land aus könne man nicht sehen, was man da draußen auf dem Boot mache, sagte er und zwinkerte mit einem Auge. Seine Verlobte komme erst nächste Woche. Rosina trank aus und sagte gute Nacht. Einmal hatte ein hübscher Italiener sie am Arm genommen, in der Via Bafile, am Freitag war's, als sie auf dem Weg zur Reiseleitung war, um sich nach den Abfahrtszeiten zu erkundigen. Er schleppte sie die Straße ein paar Hundert Meter hinauf, redete auf sie ein, sie verstand kaum ein Wort, ließ alles mit sich geschehen. Es ging dann in einen kleinen Laden hinein, wo es Perlenketten und anderen Schmuck gab. Als sie nichts kaufen wollte, schimpfte der Verkäufer im weißen Mantel mit dem Jungen; der sah sie so treuherzig an, daß sie schließlich ein kleines Medaillon kaufte. Damals, so fern von Salzburg und Fellner, wünschte sie sich sehnlich einen Freund, einen jungen, einen, mit dem sie über alles, was ihr in den Sinn kam, reden konnte, einen, der lieb zu ihr war. Das mit Fellner hatte doch keinen Sinn mehr, die Donnerstagabende waren bloß noch eine leere Übereinkunft. Sie hatte noch vom letzten Jahr zwei Wochen Urlaub gut, insgesamt also noch vier Wochen dieses Jahr. Sie dachte daran, eine große Reise zu machen, eine Studienreise, öfter hatte sie davon gehört, daß man auf einer solchen Reise Menschen kennenlernte. Mit einem jungen Mann, mit dem sie sich gut verstand, zusammen Ferien zu machen. Sie ertappte sich dabei, am letzten Tag, im Liegestuhl, daß sie wieder Träume spann.

Man soll nichts verschreien, so hätte Mama gesagt. Hatte Rosina nicht noch vor einigen Tagen mit Genugtuung bei sich vermerkt, daß sie in viereinhalb Monaten noch keinen einzigen Tag krank gewesen war? Aber nun, da das Frühjahr schon naherückte, hatte sie noch eine Erkältung aufgefangen, Halsweh und Schnupfen. Noch hoffte sie, daß es ohne Arbeitsausfall abginge. In der Apotheke, wo sie sich Lutschtabletten und Nasentropfen kaufte, hörte sie einen gehetzt wirkenden Mann in einem grauen Arbeitsmantel sagen, Krankfeiern könne er sich nicht leisten, er sei kein Angestellter, schön wär's, und er drehte sich wie beifallheischend um, steckte ein paar Medikamentenpackungen in die Tasche seines fleckigen Arbeitsmantels und wiederholte wichtigtuerisch, er könne es sich nicht leisten, sich ins Bett zu legen. Weder die Verkäuferin, die sich jetzt Rosina zuwandte, noch die übrigen Kunden schienen ihn zu beachten. Am nächsten Tag in der Früh war der Hals so entzündet, daß sie nur krächzen konnte. Sie rief nach acht Uhr Ulli an und war froh, daß ihre rauhe Stimme für sie sprach. Ulli sagte, sie solle nur im Bett bleiben, bis sie wieder in Ordnung sei. Sie würde den Chef informieren. Rosina dachte: Vorige Woche hat er mir einen Sonderurlaub versprochen; aber das war ihr jetzt egal. Sie stellte Teewasser auf.

An die Zukunft dachte sie ungern. Erschreckend die Vorstellung: So schnell verging die Zeit, und bald würde sie so alt sein wie Mama. Dann noch rund fünfzehn Jahre bis zur Pensionierung. Dann . . . Das Ende des Lebens, das Nichts? Nicht mehr sein. Sie konnte es sich nicht vorstellen. Wenn sie spürte, daß sie in eine trübsinnige Stimmung verfiel, dann sagte sie sich: Sei froh, daß du gerade Glieder hast; sie dachte an eine Fernsehsendung, wo behinderte junge Menschen in Rollstühlen zu sehen waren; sie sagte sich: Wie leicht könntest du auch ein Krüppel sein. Wenn du gegen einen Baum gefahren wärst . . .

Mehr als zwanzig Jahre alt war sie gewesen, als sie bei Fellner angefangen hatte, jetzt war sie über dreißig. Zehn Jahre. Mehr als sieben Jahre Sekretärin. Im Rückblick schien ihr die Zeit viel kürzer, höchstens fünf oder sechs Jahre. Dafür erschienen ihr die gut vier Monate Krankenstand, der Aufenthalt bei der Großmutter in Leogang, als viel länger. Nun war sie bald ein halbes Jahr bei der Allianz. Fünf Tage arbeiten, zwei Tage sich zu Hause mehr oder weniger langweilen. Ging das immer so weiter? Was nützte es, wenn sie die Stellung noch einmal wechselte? Ihr Leben würde sich dadurch nicht ändern. Mama hatte wohl die Hoffnung noch nicht aufgegeben, daß Rosina eines Tages doch noch heiratete und Kinder bekäme. Solch ein Schritt würde ihr Leben freilich gehörig umkrempeln. Manchmal war ihr auch, das einzig sinnvolle sei, für jemanden dazusein, zu sorgen, für einen Mann, für Kinder. Aber Kinder, wenn sie auf der Straße oder im Hof des Wohnblocks welchen begegnete, gingen ihr auf die Nerven; sie waren laut, frech, ungebärdig. Sie sagte sich, wenn sie an eigene Kinder dachte, sie habe nicht die Kraft, auch nur eines aufzuziehen, eine Familie zu versorgen, neben dem Beruf, denn das erwarteten Männer ja von ihren Frauen in den meisten Fällen. Vielleicht war sie schon zu alt dazu. Vor allem aber: sie kannte gar keinen Mann, der sie als Frau begehrte, wie es in den Romanen immer so schön hieß. Sie zerplatzte nicht vor Glück, aber sie war auch nicht mehr so verzweifelt wie noch vor einem Jahr.

Manchmal, in einer blitzartigen Zusammenschau ihrer letzten zehn Jahre, meinte sie zu begreifen, was das hieß: Erfahrungen, Reife. Beinahe physisch meinte sie es zu spüren. Der Überblick über ihr Leben, das Nachdenken, das war das Neue.

Selbst wenn ein Chef menschlich mit einem umging, wieviel eigenes Leben gab es für eine emsige Sekretärin? Was wurde aus einem, wenn man jahrzehntelang auf dem Drehstuhl saß, Telefonate führte, Termine vormerkte und abrief, Diktate aufnahm, tippte, die Launen des Chefs ertrug? Rosina dachte sich aus, wo sie heute säße, wenn Fräulein Kargsteiner nicht weggegangen wäre. Wäre sie nun Sachbearbeiterin in der Disposition? Sie verstand jetzt diese Frau besser. Als gefühlskalt, vertrocknet hatte Fellner sie geschildert. Vielleicht war das ihre Art, sich davor zu schützen, verrückt zu werden? Sie war eigentlich erstaunlich gelassen gewesen, nicht so gehetzt und überreizt wie Rosina. Ihr war der Chef als Mann gleichgültig gewesen; wahrscheinlich war sie die einzige unter den Kolleginnen, die ihm nie Kuhaugen gemacht hatte. Er sei froh, so Fellner, dieses Roß losgeworden zu sein. Sie sei eher eine gut geölte Maschine als eine Frau. War sie nicht auch zu einer Maschine geworden im Lauf der Jahre? Kargsteiner hatte recht: Kuhaugen hatten sie dem Chef gemacht. Sie hungerten alle nach seinen, wie sie jetzt einsah, plumpen, berechnenden Komplimenten. Ehe sie sein Zimmer betraten, gingen sie in den Waschraum, stellten sich vor den Spiegel, richteten sich her.

Wenn Fellner nicht in der Firma war, hatte sie sich für das Ganze verantwortlich gefühlt. Oft, wenn sie in der Früh die Post sortiert und verteilt hatte, wenn ihr eigenes Pensum auf ihrem Tisch lag, neben dem unerledigten Kram der letzten Tage, wenn dann dauernd das Telefon klingelte, bekam sie Angst, sie könne das alles nicht schaffen; sie starrte auf den Stoß Post auf ihrem Schreibtisch, wußte nicht, wo anfangen, konnte sich nicht entschließen, irgendwo zu beginnen, weil es ihr schien, es wachse ihr über den Kopf. Und in einer halben Stunde würde Fellner kommen und ihr die heute fälligen Briefe diktieren. Immer häufiger hatte sie, wenn sie, den Stenoblock auf den Knien, ihm gegenübersaß, angedeutet, daß ihr die Arbeit zuviel werde, daß sie sie nicht mehr bewältige, auch mit den Überstunden nicht. Er hatte gewöhnlich erwidert, sie solle doch alles weniger Wichtige delegieren, an die betreffenden Abteilungen; aber das brachte sie nicht fertig, und die Kollegen pflegten zu sagen: Die sitzt auf den Akten wie eine Bruthenne. Nach der dritten Tasse Kaffee kam sie in Fahrt, wie eine aufgezogene Puppe strampelte sie sich ab und verspürte auch um sechs Uhr, wenn die Kollegen, einer nach dem anderen, Gute Nacht sagten, noch keine Müdigkeit. Wenn Frau Kaindl den Safeschlüssel bei ihr deponiert hatte, war sie Alleinherrscherin. Es fiel ihr vielleicht jetzt ein, daß sie wieder vergessen hatte, fürs Abendessen einzukaufen, sie machte sich einen letzten Kaffee, nur auf dem Gang und in ihrem Büro brannte noch das Licht, und nachdem sie den Kaffee getrunken hatte, schien es ihr, jetzt könnte sie bis in alle Ewigkeit weiterarbeiten. Um acht oder spätestens halb neun machte sie aber Schluß und frankierte die Briefe, die sie noch geschrieben hatte. Wenn sie das Fenster schloß, hinuntersah auf die Straße, dann gingen die Leute ins Kino oder kamen gerade aus einer Vorstellung. Es war keine Hetze mehr auf der Straße, alle Menschen bewegten sich gemächlich. Hatte sie eilige Post, so fuhr sie noch zum Hauptbahnhof und aß dann gleich in der Halle ein paar Würstchen. Zu Hause konnte sie sich nicht hinsetzen und nichts tun. Alles ging ihr noch im Kopf herum. Das Büro, die Arbeitsgänge ließen sich nicht abschütteln. Sie griff zum Kugelschreiber und notierte etwas, das sie vergessen hatte. Gewöhnlich drückte sie gleich den Knopf am Fernseher; es war ihr egal, was gespielt wurde; das Flimmern lenkte sie wohltuend ab. Ihr Mund war trocken, die Stimme heiser, das Gesicht um die Mundwinkel verspannt, alle Glieder schmerzten. Wenn sie ins Bett schlüpfte, konnte sie sich kaum noch an das erinnern, was sie eben am Bildschirm gesehen hatte. Es war dann meistens elf Uhr, aber sie konnte oft noch nicht einschlafen, stand wieder auf, öffnete den Kühlschrank, schnitt eine Tomate in Scheiben und legte sie auf ein Butterbrot. Wenn sie in ihrer Kochnische aus dem Fenster sah, war es draußen, an den Fronten der Blocks vis-à-vis, schon überall dunkel; nur da und dort noch das fahle, zuckende Flimmern aus einem Bildschirm. Sie gewöhnte sich an, mit sich selbst zu reden. Ihr Schrank war voll mit kaum getragenen Kleidern, Schuhen, Pullovern. Die Kollegen hatten ihr immer leicht spöttisch nachgeschaut, wenn sie morgens um halb neun oder am Nachmittag mit einem Paket aus einer Boutique ankam.

In der Allianz nannten sie sie anfangs Kräuterteetante. Sie hatte es sich abgewöhnt, Kaffee zu trinken, las Bücher über gesunde Ernährung. Das hatte ein paarmal einen Gesprächsstoff ergeben zwischen Mama und ihr, als sie nach der Entlassung aus dem Unfallkrankenhaus acht Tage in Saalfelden verbrachte, ehe sie nach Leogang fuhr. Mutter, die alle Heilkräuter genau kannte (wenn sie auch schon seit vielen Jahren keine mehr sammelte), die früher bei jedem Gemüse, und überhaupt bei allem, was auf den Tisch gekommen war, erklärt hatte, für welche Organe und gegen welche Krankheiten dies und das gut sei. Mit Schaudern hatte sie daran gedacht, wie sie die letzten Jahre Raubbau an sich getrieben hatte, wie sie hauptsächlich von Zigaretten und Kaffee, von Alkohol und Aufputschmitteln und von Schlaftabletten gelebt hatte. Sie war froh, daß sie sich diese selbstzerstörerische Lebensart abgewöhnt hatte. Wenn ich den Unfall nicht gehabt hätte, wie wär's dann weitergegangen? fragte sie sich von Zeit zu Zeit. Eine halbe Schlaftablette nahm sie gelegentlich noch, wenn ihr Schlaftrunk, die warme, gezuckerte Milch, nicht half.

Die unerträglichen Kreuzschmerzen eines Tages. Acht Jahre war sie in der Firma gewesen, der Rücken hatte ihr fast jeden Abend wehgetan, aber untertags, am Schreibtisch, hatte sie nichts gespürt oder nicht darauf geachtet. Als es auch am nächsten Tag nicht besser wurde (sie konnte sich kaum über die Schreibmaschine beugen), suchte sie einen Arzt auf. Die vielen Leute im Wartezimmer, beinah wäre sie wieder umgekehrt. Ihr Rückgrat sei etwas gekrümmt; der Doktor schickte sie zum Röntgen, die Bandscheiben sollten gleich mit durchleuchtet werden. Er fragte sie über ihren Arbeitsplatz aus; sie möge prüfen, ob sie den Stuhl vielleicht zu hoch eingestellt habe. Die Beine müßten beim Sitzen im rechten Winkel stehen, die Ellbogen müßte sie bequem auf der Tischplatte auflegen können. Er schlug ihr auch ein Gymnastikprogramm vor und verschrieb ihr ein Öl zum Einreiben. Die Einreibung machte sie nur ein einziges Mal, das Röntgen verschob sie von einem Tag auf den anderen, und an die Gymnastik-Übungen mochte sie gar nicht denken. Die Rückenschmerzen wurden trotzdem besser. Beim Tippen spürte sie manchmal ihr Herz pochen, heftig und unregelmäßig, es schien ihr, sie habe zwei Herzen: eines, das kräftig schlug, und ein zweites, schwächeres, das hinter dem ersten dreinschlug. Ihre Unterarme wurden immer empfindlicher. Oft unterbrach sie das Tippen und rieb sich die Gelenke. Die Nervenenden schienen durch die Haut hindurchzuragen. Kam der Urlaubstermin näher, hätte sie ihn am liebsten verschoben. Zwar träumte sie dauernd davon, zwei Wochen irgendwo faul am Strand zu liegen, an der Riviera oder auf Ischia, aber dann kurz vor Urlaubsantritt war ihr nicht wohl bei dem Gedanken, daß es in der Firma ohne sie weiterging. Daß Frau Suchy sie vertrat, oder Ilse, daß sie ihre Evidenzmappe durcheinanderbrachten, in ihren Ordnern stöberten, vielleicht Fehler entdeckten und damit zu Fellner liefen. Nach jedem Urlaub hatte sie ein bis zwei Wochen gebraucht, bis sie einigermaßen wieder à jour war, denn alles weniger Wichtige hatte ihre Vertreterin immer liegen lassen. Zweimal hatte sie auf ihren Urlaub verzichtet, hatte ihn sich auszahlen lassen. Sie hatte früher wiederholt von einem gemeinsamen Urlaub mit Fellner oder von einer Reise mit ihm geträumt, hatte gehofft, er schlage es einmal vor. Leicht würde es nicht gehen, wegen seiner Familie, aber er machte doch auch Geschäftsreisen, die eine Woche dauerten. Er hatte anfangs öfter davon gesprochen, er nehme sie einmal mit, nach Wien oder Bregenz, sie gingen ins beste Hotel, ins Intercontinental. Als sie bei sich zu Hause einmal vorsichtig das Gespräch aufs Reisen brachte, sagte er, die Kollegen würden klatschen, wenn sie beide zugleich von der Firma wegblieben. Sie müßten vorsichtig sein, anscheinend hätten die ohnehin schon etwas gerochen.

Ein paar Tage vor Antritt ihres Urlaubs, den sie damals in Krumpendorf verbringen wollte (sie hatte ein Zimmer in einem Erstklasshotel reservieren lassen, wollte einmal auf großem Fuß leben, was bedeutete ihr schon das Geld auf dem Sparbuch), klappte sie neben ihrem Aktenschrank zusammen. Gegen drei Uhr – so hatte man ihr später erzählt –, als Fräulein Seidl mit einer Mappe in ihr Büro herüberkam, sah sie Rosina, eine Hand über die Augen geschoben, am Schrank lehnen und dann zusammensacken. Mir ist so schlecht, hatte sie noch gestöhnt. Fräulein Seidl rief Herrn Peham, sie legten sie auf den Teppich. Peham tätschelte ihr die Wange, Seidl telefonierte nach einem Arzt. Als dieser kam, saß Rosina schon wieder auf einem Stuhl, wiederholte, ihr sei übel, das Gesicht käsig weiß. Plötzlich schienen alle, die hereinschauten, sie zu bedauern. Sie schüttelten wissend den Kopf: Das hatte ja so kommen müssen. Der Arzt sprach vom Kreislauf, verordnete Bettruhe, schrieb ein Rezept aus. Ilse führte sie hinunter, fuhr sie in ihrem Wagen nach Hause, brachte sie ins Bett. Rosina wollte noch Anweisungen geben, was unbedingt heute noch zu erledigen sei. Jaja, sagte Ilse, um sie zu beruhigen. Morgen werde es schon wieder gehen, meinte Rosina, falls Herr Fellner frage. Der Arzt habe ihr ein paar Tage Ruhe verordnet, wiederholte Ilse. Ist dir die Firma wichtiger als deine Gesundheit? Am dritten Tag war sie schon wieder in der Firma, rang die Hände vor dem Stapel Post. Als Fellner kam, rief er sie zu sich, fragte, was los gewesen sei, wie es ihr gehe. Wahrscheinlich das Wetter am Dienstag, er habe es auch gespürt. Heute abend hätte er sie besucht, aber da sei sie ja wieder. Drunter und drüber sei es gestern gegangen; gut, daß sie wieder da sei. Ilse saß nun auf der anderen Seite ihres Schreibtisches und machte die Ablage. Fellner bemängelte so nebenbei, die Ablage müsse immer gemacht sein (als wäre das ihre Aufgabe gewesen!). Ilse habe gestern überhaupt nichts gefunden, habe stundenlang ein Schreiben aus Köln gesucht. So gehe es nicht. Wenn sie nicht zurechtkomme, müsse sie das sagen. Wollen Sie nicht noch einen Tag ins Bett, Rosi? fragte Fellner, als Ilse gerade hereinkam. Sie sehen käsig aus. Nein, es gehe schon. Na, Sie müssen's selbst wissen. Sie war froh, daß Ilse ihr half. Wenn sie längere Zeit saß, dann aufstand, spürte sie einen leichten Schwindel. Aber bloß nicht zu Hause sein müssen. Liegen und an die Decke starren; die Zeit hatte sich ins Endlose gedehnt; und nachts brauchte sie zwei Schlaftabletten. Der Arzt, den sie wegen ihrer Reise befragte, riet zu einem Aufenthalt im Gebirge, über tausend Meter. Fellner hatte nichts dagegen, als sie ihn fragte, ob sie ihren Urlaub auf September verschieben könne.

Sie hatte keinen Appetit, ihr ekelte beinah vor dem Essen; immer die Verkrampfung in der Bauchgegend. Sie schob es weiter hinaus, sich durchleuchten zu lassen, wie Ilse ihr geraten hatte. Eine Freundin habe unlängst einen Magendurchbruch gehabt. Rosina versuchte, weniger zu rauchen. Sie hatte Schwierigkeiten, sich eine Zigarette anzuzünden, weil ihre Hände so zitterten. Nachdem sie dann eines Tages Blut in ihrem Kot entdeckt hatte, ging sie endlich zum Arzt, und war enttäuscht, als der ihr sagte, die Röntgenuntersuchung habe nichts ergeben. Wahrscheinlich eine psychosomatische Störung. Er tastete nochmals ihren Bauch ab und verschrieb ihr ein Beruhigungsmittel. Er empfahl ihr, vor dem Essen ein Glas Rotwein zu trinken, das rege die Magensekretion an. Als sie wieder ins Büro kam, kurz vor sechs, und dem Chef begegnete, der eben in seinen Mantel schlüpfte, verlangte dieser, sie solle jetzt auch Schluß machen. Sie solle überhaupt keine Überstunden mehr machen, zumindest bis sie wieder völlig gesund sei. Er entschuldigte sich auch gleich für Donnerstag, seine Frau habe Geburtstag.

Jeden Montag die dicke alte Blumenfrau in ihrem bodenlangen, weiten schwarzen Rock. Was darf's heut' sein, gnädiges Fräulein? Narzissen fürs Chefzimmer. Oder nein, geben wir die auf den Couchtisch. Für den Chef die Gladiolen, sehr hübsch sehen die heute aus. Und für Ihren Schreibtisch, wie immer, drei rote Rosen.

Nächsten Monat die letzte Rate für die Couchgarnitur. Sie hatte bar zahlen wollen, aber der Verkäufer im Möbelhaus hatte verwundert bemerkt, das sei heutzutage gar nicht mehr üblich. Noch kein einziges Mal Besuch gehabt in fünf Monaten. Warum nicht Monika, Fräulein Thöny oder Herrn Weinberger oder alle zusammen einladen? Vielleicht auch Ulli? Der Student, dem sie ihre alte Couch samt Fauteuils billig verkaufte (sie wollte alles neu), hatte sie seltsam angelächelt.
Ihr Wecker war stehengeblieben; sie hatte gestern abend vergessen, ihn aufzuziehen, und sie genoß es jetzt, nicht zu wissen, wie spät es war. Es dämmerte draußen, die Nase hatte aufgehört zu rinnen, und sie freute sich darauf, auch den nächsten Tag noch im Bett zu verbringen. Drei Tage konnte sie fehlen, ohne zum Arzt gehen zu müssen, wegen des Attests; das wollte sie jetzt einmal ausnützen.

Die beiden Alten da vorne: gemächlich gingen sie dahin, eingehängt, unbeirrt, als wären sie guten Gewissens unterwegs zum Jüngsten Gericht. Ich bin ja noch nicht einmal halb so alt, dachte sie, ich bin noch jung, noch nicht geschlechtslos, es ist noch nicht zu spät für eine Liebe. Eines Tages, daran glaubte sie, würde ihr ein Mann begegnen (vielleicht auf einer Urlaubsreise im Herbst), ein Mann, in den sie sich verlieben würde und der sie liebte, so, wie sie war.

Sie hatte ihrer Mutter geschrieben, sie sei total überarbeitet, habe es sich überlegt, fahre nicht nach Kärnten, sondern komme nach Saalfelden; sie möge ihr ein Zimmer mit Bad im Hotel Ochsen reservieren, und sie zahle den gleichen Preis wie alle anderen Gäste, nicht daß Herr Tschurtschentaler meine, sie wolle eine Ermäßigung herausschinden! An einem Freitagnachmittag, Anfang September, übergab sie ihre offenen Akten, ihren unerledigten Schriftverkehr Ilse; bei jeder Erklärung dazu sagte diese jaja, ist ja klar, als hielte Rosina sie für begriffsstutzig, und sie wurde sich bewußt: So leicht war sie zu ersetzen, nachdem sie sich über acht Jahre lang abgerackert hatte. Ilse war ihr immer noch die liebste Kollegin, die einzige, mit der sie ein verständiges Wort reden konnte. Das vertraute Verhältnis von früher war freilich auch etwas gestört, seit Ilse im Sekretariat mitarbeitete. Eine leichte Gereiztheit von beiden Seiten manchmal, ohne daß sie zu sagen gewußt hätte, weshalb. Sie wußte, Ilse war nicht scharf auf ihren Schreibtisch, in ein, zwei Jahren würde sie heiraten. Am nächsten Tag fuhr sie nach Saalfelden, mit der Bahn. Mama fand, sie sehe miserabel aus, sie wolle mit Leo, dem Koch, reden; der solle ihr Leckerbissen zubereiten, sie würden sie schon wieder aufpäppeln. Aber Rosina hatte keine Lust zum Essen gehabt. Sie sehnte sich nach viel Schlaf. Anfangs hatte sie schlechter als in der Elsenheimstraße geschlafen. Sie machte Wanderungen auf den Kühbichl und den Biberg, die alten Wege, die sie als Kind mit Mama gegangen war. Irgendwo mußten noch Fotos sein, Mama im Dirndl, sehr jung und fröhlich aussehend, vor der Jausenstation Eder. Sie suchte ihre Lieblingsplätze von damals. Den Palfen im Wald gab's nicht mehr, da war jetzt eine Schneise, eine breite Autostraße, auch der Hügel am Ritzensee war verbaut. Nachdem der Muskelkater der ersten Tage überstanden war, machte sie lange Wanderungen nach Maria Alm und an den Fuß der Leoganger Steinberge. Das Hotel »Zum Ochsen« war noch gut belegt mit Sommergästen; manchmal beobachtete Rosina das Mädchen an der Rezeption und beneidete es nicht um seine Arbeit. Nach einer Woche dachte sie schon wieder dauernd an das Büro. Sie stellte sich Ilse vor, an ihrem Schreibtisch sitzend, ihr Telefon benutzend; sie hatte vergessen, ihren silbernen Kugelschreiber mit nach Hause zu nehmen. Ilse im Chefzimmer, ein Diktat aufnehmend, Ilse in ihren Miniröcken. Bei ihren Wanderungen hatte sie kaum auf die Landschaft, auf Blumen, Bäume, Wiesen, Bäche geachtet; sie dachte an Fellner, ob sie für ihn nicht bloß ein Arbeitstier sei. Er war nicht mehr so aufmerksam wie vor sechs oder sieben Jahren, als er ihr gestanden hatte, ohne sie verkümmere er emotionell. Seine Frau frustriere ihn bloß; wenn er sie anfasse, sage sie: Laß mich in Ruhe. Es war nicht die große Liebe, darüber war sie sich längst klar geworden; aber trotzdem hätte sie sich nicht von ihm lösen können, so wie es undenkbar war, daß sie ihre Arbeit im Haus Fellner aufgab. Der Rotwein, den ihre Mutter trank, direkt vom

Weinbauern in Oggau, schmeckte ihr, sie nahm sich eine Zweiliterflasche mit aufs Zimmer, trank sich jeden Nachmittag, wenn sie von einer Wanderung zurückkehrte, in einen beschwingt-schläfrigen Zustand hinein und hatte beim Abendessen Mühe, sich nichts anmerken zu lassen.

Der Wievielte war heute? Seltsam, seit sie von Ford-Fellner weg war . . . Früher hatte sie sogar immer im Kopf gehabt, der Wievielte nächste Woche Freitag war, auf welchen Wochentag der Erste des nächsten Monats fiel.

Wieder im Büro, hatte sie gemerkt, daß Ilse anscheinend spielend mit der Arbeit zurechtkam, so, als säße sie wie sie schon sechs Jahre auf diesem Platz. Anscheinend gab es nichts, wobei man Rosina um Rat fragen mußte, es war keine Post liegengeblieben. Aber Kriechbaum bestand darauf, daß Ilse nun wieder in seine Abteilung zurückkehrte; er habe es satt, sich bei den Kollegen Schreibkräfte auszuleihen. Als sie zum ersten Mal wieder Fellner gegenüberstand, war ihr, als hätte sich etwas geändert; es war ihr, als könnte sie nun mit ihm sprechen wie mit Herrn Kaltner oder Frau Kaindl. Und doch wartete sie weiter auf seine Schmeichelworte, auf seine hastigen Zärtlichkeiten. Die Arbeit füllte sie wieder aus, das Gefühl am Abend, alles gemeistert zu haben, verschaffte ihr Befriedigung. Aber gedankenverloren stand sie oft da, wenn ihr plötzlich einfiel, daß sie immer arbeiten mußte, immer so fort, bis zur Pensionierung. Heiraten wäre auch kein Ausweg, außer mit einem wohlhabenden Mann. Aber legten nicht gerade die besonderen

Wert darauf, daß die Frau auch Geld verdiente? Ihre Nerven waren bald wieder so gereizt wie vor dem Urlaub. Sie hatte jetzt eine Rotweinflasche im Aktenregal und trank zwischendurch öfter ein Glas; das half, das beruhigte. Sie begriff auch, daß es nichts nutzte, im Berufsleben eine hohe Position einzunehmen. Durch Krankheit oder aus anderen Gründen konnte man sie wieder verlieren, und sie hatte dauernd Angst, wieder einmal zusammenzuklappen. Wie sie sich in den ersten Jahren geborgen gefühlt hatte, als Fellner sie umwarb. Als könnte ihr jetzt nie mehr etwas zustoßen. Das hatte ihr über den besinnungslosen Arbeitseinsatz, sogar über die Unfreundlichkeiten der Kollegen hinweggeholfen. Doch das war nun wie weggeblasen. So gingen ihre Gedanken dauernd im Kreis, bis das Telefon schellte und sie aufschreckte, oder bis jemand an ihren Tisch trat. Manchmal gegen Abend saß sie am Schreibtisch, bei der Durchsicht der Postmappe, und hätte am liebsten vor Wut mit beiden Fäusten auf die Platte gehauen, wenn sie einen Tippfehler in einem von ihr geschriebenen Brief entdeckte. Seit ihrer Krankheit war Fellner noch kühler geworden. Andere Kollegen waren andauernd krank, zum Beispiel Fräulein Löwinger oder Frau Suchy.
Als Rosina eines Tages, an einem Donnerstag, sagte, sie fühle sich nicht besonders, wolle früh ins Bett heute, schien Fellner sogar froh zu sein. Sie solle sich nur erholen und wieder ganz gesund und frisch werden, sagte er, wie auswendig gelernt. In letzter Zeit hatte sie sich, wenn er schwitzend nach dem Tennis zu ihr kam, meist mit Kopfschmerzen entschuldigt, sobald er zärtlich wurde, und oft hatte sie tatsächlich welche, seit dem späten Vormittag. Da half auch der Rotwein nicht. Fellner machte sich dann einen Whisky zurecht, benutzte ihre Dusche und ging wieder. Aber immer,

wenn es klingelte und sie ihn erwartete, klopfte ihr das Herz bis zum Hals, und sie war enttäuscht, wenn es bloß die Frau Giebisch von nebenan war, die sich ein Ei oder einen Löffel voll Salz auslieh. Ob sie ihm noch gefalle, hatte sie sich gefragt. Sie brauchte jetzt in der Früh immer eine Ewigkeit vor dem Spiegel, bis sie mit ihrem Aussehen zufrieden war.

Im arbeitsreichsten Monat, dem März, kam dann Roswitha, sechzehnjährig, Bürolehrling; sie hatte zuerst in einer anderen Firma gearbeitet. Die ersten Tage stand sie meist nur herum, weil Rosina keine Zeit hatte, ihr etwas zu erklären. Roswitha aus Golling, mit ihren rosigen Wangen, ihren O-Beinen; nichts konnte sie erschüttern. Immer ein lachendes Gesicht, auch noch, als Rosina sich angewöhnte, ihre Launen an der Kleinen auszulassen, und sie bei jeder Gelegenheit herunterputzte.

Wahlsonntag. Zum ersten Mal gab sie ihre Stimme nicht der ÖVP, sondern der SPÖ, als könnte auch das irgend etwas in ihrem Leben ändern. Der Doktor Kreisky im Fernsehen gefiel ihr, so einen Vater hätte sie sich gewünscht. Als sie am Abend im Fernsehen bei den Nachrichten vom Wahlsieg der SPÖ hörte, vom Regierungswechsel, und daß Doktor Kreisky Bundeskanzler werde, da war ihr, als hätte sie auch ihren Anteil daran.

Bei Betriebsbesprechungen pflegte der Chef sie weiterhin zu loben, ihre Leistungen hervorzuheben, sie den anderen Kollegen als Vorbild hinzustellen. Wenn

Prämien ausgezahlt wurden, bekam sie die höchste Summe. Sie legte sie aufs Sparbuch und ergötzte sich eine halbe Minute lang an dem weiter gewachsenen Endbetrag. Konnte man das schon ein kleines Vermögen nennen?

An der Kasse vor ihr ein Herr im grünen Lodenmantel, zwei dicke, riesige Bände vor sich; auf dem oberen stand: »Die großen Panzerschlachten des zweiten Weltkrieges«. Sie hörte ihn zum Verkäufer sagen: Schreiben Sie bitte Fachbücher, Hotel Excelsior, Badgastein. Elfhundert Schilling! Jawohl, Herr Kommerzialrat, sagte der Verkäufer. Wie viele Taschenbücher könnte man für diese Summe kaufen!

Während eines Betriebsausfluges nach Gmunden sprach sie an der Hotelbar ein fremder Mann an, vielleicht dreißig Jahre alt, ein Vertreter für Kosmetik-Artikel, und überredete sie, die zwei oder drei Whiskys getrunken hatte, dazu, mit auf sein Zimmer zu kommen. Herr Fellner tanzte gerade mit Ilse. Sie konnte sich am nächsten Morgen, beim Frühstück, als Fellner andeutete, er habe gestern geklopft, anscheinend habe sie tief geschlafen, kaum noch an den Mann erinnern, der sie immerhin dazu gebracht hatte, daß sie in einen wimmernden Singsang verfallen war. Als er eingeschlafen war, hatte sie ihre Schuhe in die Hand genommen und war die zwei Stockwerke zu ihrem Zimmer hinuntergeschlichen.

Im Fellnerschen Sekretariat. Nach längerer Abwesenheit (Urlaub?) wieder am Schreibtisch. Es war Punkt acht Uhr. Die Platte hatte Flecken, schillernde Ölflekken, wie man sie oft in Pfützen sieht. Mit einer Möbelpolitur rieb sie die Tischplatte, aber sie wurde und wurde nicht sauber. – Was hatte dies zu bedeuten?

Gegen Kopfweh, schien ihr, half ein Schluck Whisky besser als die Tabletten. Wenn sie zuerst zwei Tabletten nahm und, falls die den pochenden, bohrenden Schmerz nicht stillten, einen Schluck drauftrank, dann wurde es noch schlimmer, dann nützte auch das nasse Handtuch im Nacken nichts. Also trank sie lieber gleich einen Whisky; der beruhigte zumindest ihre Nerven. Die kleine flache Flasche hatte leicht in der untersten Schublade Platz; die Weinflaschen früher hatte sie hinter leeren Ordnern im Regal versteckt; als Ilse einmal einen herauszog, polterte eine leere Flasche auf den Boden. Wie die sie angesehen hatte! Sie hatte sich angewöhnt, immer wieder einmal einen Schluck Whisky zu trinken, wenn keiner herschaute. Sie fühlte sich dann besser, auch ihre Hände wurden ruhiger. Manchmal tränkte sie auch ein Papiertaschentuch mit Whisky und rieb sich die Unterarme ein. Verdächtig war nur ihre Fahne, und es nutzte wohl auch nicht viel, daß sie hinterher Pfefferminz-Zuckerl lutschte. Sie paßte auf, daß sie niemandem zu nahe kam, wenn sie getrunken hatte.

Einer vor ihr trug eine Plastiktragtasche von einem Schallplattengeschäft. Ihr fiel ein, daß im Fernsehen gestern abend davon die Rede gewesen war, daß eine Terroristin in ihrer Zelle mehr als 100 Schallplatten und 250 Bücher (oder waren es 350?) zur Verfügung habe.

Die Kollegen akzeptierten sie als die Chefin; so nannten sie zum Schluß auch alle. Sie verachteten sie, weil sie ein Verhältnis mit dem Chef hatte, obwohl sich die meisten von denen vermutlich auch auf ein solches Verhältnis eingelassen hätten. Sie verhielten sich ihr gegenüber so unterwürfig und zuvorkommend wie zum Chef, und sie redeten und dachten über sie hinter ihrem Rücken wahrscheinlich so, wie sie über den Chef dachten und redeten. Anläßlich einer Betriebsversammlung kündigte Fellner an, wenn sie in das neue Firmengebäude an der Alpenstraße übersiedelt seien, erhalte Rosina die zweite Prokura. Das sei ungewöhnlich, Rosina sei erst 29 Jahre alt, aber er denke, daß diese Maßnahme gerechtfertigt sei.

Briefe an Mama, warum gelangen die nur in Gedanken? Manchmal, von der Nonntaler Brücke bis zum Mozartsteg, gedachte Briefe an Mama. Die Unfähigkeit, Mama gegenüber Gefühle zu zeigen, sie zur Vertrauten zu machen.

In der Früh, am Kai, sah sie, daß die Platanen gestutzt worden waren. Arbeiter waren damit beschäftigt, riesige Haufen von abgeschnittenen Zweigen und Ästen zu bündeln. Traurig sahen die Bäume nun aus, die abgesägten dicken Äste ragten wie die fingerlosen Armstümpfe von contergangeschädigten Kindern in die Höhe.

Die Elsenheimstraße gestern. Der Hauseingang, wo sie gewohnt hatte. Der seilumspannte Autoabstellplatz. An der Klingel der Name Hasenlechner. Wie oft hatte

Fellner hier geklingelt? Mehr als sieben Jahre hatte sie hier gewohnt. Sieben Jahre! Zehn Jahre. Aus wievielmal zehn Jahren bestand ein Menschenleben, hatte sie gedacht und war umgekehrt, die abschüssige Straße hinunter zur Trafik beim Volksgartenbad. Zwei alte Leute hatten mit ihr gewartet, bis sie über die Straße konnten, bis die Kette der stadtaus- und stadteinwärts fegenden Autos einmal kurz abriß. Sie hatten pinzgauerisch geredet. Wie vertraut ihr dieser Dialekt war, wie er sie innerlich aufrührte. Damals, als sie noch nicht lange bei Fellner war, als Seppi ihr nachstellte und ihr einmal vorwarf, sie rede schon ganz wie eine Städtische, war sie stolz darauf gewesen. Und Tante Maria, die ihr einmal zwei Taschen voller Äpfel in die Firma gebracht hatte, als sie schon Sekretärin war, hatte gar zu Mama gesagt, die Rosina rede so, daß man sie nicht mehr verstehe. Wie Rosina sich geniert hatte wegen der Tante, die gebückt, in ihrem alten Lodenmantel und mit schwarzem Kopftuch, bei der Hengstler gestanden war. Sie hatte ihre Tante knapp abgefertigt, etwas von oben herab, sie habe sehr viel zu tun, ihr Telefon. Die Äpfel hatte sie wie etwas Gestohlenes ins Sekretariat getragen.

Fellner hatte sie in den letzten Monaten vor dem Unfall nur noch selten besucht, und wenn er kam, unterhielten sie sich über die Firma. Er schleppte damals die Baupläne für die neuen Gebäude mit sich herum und redete über nichts anderes. Sie puppte sich völlig in ihre Arbeit ein. Roswitha bewunderte sie, ahmte sie nach, war ihr ergeben. Wie die Zeit verflogen war! An Sonntagen war es am schlimmsten. Wenn sie oft lange am Fenster gestanden war, hinübersah auf die Fronten der Wohnblocks vis-à-vis, stumpf vor Lustlosigkeit, versuchte sie sich ein anderes Leben vorzustellen, wie schon so oft. Aber sie sah keinen Ausweg. Bei einer anderen Firma wäre es nicht anders gewesen. Dort müßte sie sich erst einarbeiten, wieder unten anfangen, sich durchwursteln, die Intrigen der Kollegen überstehen. Hier war sie wenigstens ihr eigener Herr. Fellner kam immer häufiger erst am Nachmittag ins Büro, er hatte Besprechungen mit Architekten und Baumeistern. *Du* bist ja da, pflegte er zu sagen, du schmeißt den Laden schon, gelt!

In der Früh, beim Erwachen, hatte sie sich völlig gesund gefühlt, aber am Abend des ersten Arbeitstages war sie froh, gleich wieder ins Bett zu kommen. Es fröstelte sie den ganzen Nachmittag, obwohl sie die Heizung voll aufgedreht hatte.

Wie sie herumgehetzt war! Einmal hatte sie im Vorbeigehen an einer offenstehenden Tür gehört, wie eine Kollegin sagte: Hat die mich vorhin erschreckt, wie sie hereingejagt kam in unser Büro. Ja, es stimmte, sie war immer nur gerannt, aus ihrem Büro in andere Büros, zu anderen Schreibtischen, den Gang entlang, zur Telefonzentrale, wenn die Hengstler ihr ein Auslandsgespräch ewig nicht brachte. In der Früh, wenn sie kam, wischte sie den Gang entlang, und alle wußten, ohne daß sie aufsahen: Sie ist da. Manchmal saß sie aber an ihrem Tisch und starrte minutenlang ins Leere, bis Roswitha irgend etwas fragte. Beim Diktat, wenn Fellner zwischendurch ein Telefongespräch führte, begann sie mit dem Bleistift auf die Knöchel ihrer linken Hand zu klopfen. Sie sehnte sich ständig nach Ruhe, nach Stille, aber wenn sie zu Hause war, wenn sie den Dienst endlich hinter sich hatte, war sie nicht fähig, untätig zu sein; sie drückte sofort, wenn sie die Wohnungstür hinter sich geschlossen hatte, den Knopf am Fernsehapparat. Wenn sie dann einen Film anschaute – meistens war sie erst nach Hause gekommen, wenn der Hauptfilm schon lief –, blätterte sie fast immer auch noch in einer Illustrierten. Sie hatte einige Bücher im Regal, Romane der Weltliteratur, Biographien, aber sie verschob die Lektüre auf später, auf ruhigere Zeiten. Vor dem Zubettgehen noch einmal einen Schluck Whisky, einen night-cup, so hieß das in amerikanischen Filmen.

Grüß Gott, Fräulein Gall, ich bin beim Fellner, ich hab' Sie gesehen, wie ich mich vorgestellt hab', vor einem Jahr . . . ich hab' viel von Ihnen gehört. Sie schaute den Mann nur kurz an: nie gesehen. Sie ging gleichschnell weiter; er noch eine Weile neben ihr her (sie spürte noch zweimal seinen Blick von der Seite, konnte sich lebhaft vorstellen, *was* er über sie gehört hatte). Er sagte dann: Wiederschauen, und ging nach dem Corso über die Straße.

Als sie acht Jahre bei der Firma gewesen war, hatte der Chef ihr zu Ehren und zu Ehren von Frau Kaindl, die fünfzehn Jahre da war, eine kleine Feier in den Büroräumen veranstaltet. Es gab Kaffee und Kuchen, Rosina und Frau Kaindl erhielten Goldmünzen, einen Vierfachdukaten. Die Kollegen gratulierten, Rosina war gerührt, nachher nahm sie zwei Valium und trank in der Toilette einen ordentlichen Schluck Whisky, aus dem Taschenflakon, das sie in der Handtasche mit sich herumschleppte. Sie hatte sich so sehr an den Schnaps gewöhnt, daß ihre Hände anfingen zu zittern, wenn sie einen Tag lang nichts trank. Sie hatte Angst, süchtig zu werden. Aber wenn zwei, drei Telefonate auf einmal hereinkamen, wenn ein rechter Wirbel im Sekretariat war, oder wenn das gallige Aufstoßen aus dem Magen heraufbrach, wenn das Blut in den Venen kribbelte, daß es nicht mehr zum Aushalten war, griff sie unauffällig zur Flasche.

Monika erzählte von zwei ehemaligen Kolleginnen, Lehrlingen, Olga und Evelyn, die vorigen Sommer ausgerissen waren, per Autostop nach Jesolo, wo Evelyn ein paar Wochen vorher mit ihren Eltern gewesen war. Sie hatte da unten irgendeinen Italiener, Mitte vierzig, kennengelernt, der hatte sie dann auch ein paarmal hier in der Firma angerufen. Der Vater von Evelyn sei hinuntergefahren, habe aber keine Spur von den Mädchen entdeckt. Evelyn sei erst im November wieder aufgetaucht; für eine Abtreibung sei es schon zu spät gewesen. Wo Olga geblieben war, wußte sie nicht, sie habe in einem der Lokale, wo die einheimischen Hoteliers verkehren, einen älteren Mann kennengelernt, schon in den ersten Tagen, und seither habe Evelyn nichts mehr von ihr gehört und gesehen.

Über den AVA-Hof eilte vorsichtig ein Mädchen im Dirndl, mit einem kleinen Tablett, darauf eine Tasse Kaffee. Wenn die sich nicht verkühlt! Rosina erinnerte sich, daß sie fünfzehn war, als sie sich ihren ersten Wintermantel selber kaufte, vor Weihnachten, mit den ersten Ersparnissen. Vorher war sie im Winter immer im Walkjanker zur Schule gegangen. Wie kalt es abends auch noch im Mai war, wenn die Berge noch weiß waren.

Wieder ein Samstagnachmittag. Im Volksgarten hatten sie das Weiherbecken neu asphaltiert. Ein Knabe fuhr mit seinem Rollbrett in dem nierenförmigen, leeren Becken herum. Wie hatte Fellner gesagt: Ob sie vielleicht doch nicht am richtigen Platz sitze? Seiner Meinung nach sei sie nervlich nicht genügend belastbar. Ein paarmal hatte er sie abends am Schreibtisch angetroffen, sie hatte den Kopf in die Arme vergraben, es schüttelte sie. Er hatte sie dann heimgefahren. Ob sie nicht lieber eine andere Aufgabe übernehmen wolle, eventuell in der Buchhaltung, da ginge es weniger aufreibend zu. Was machen wir denn bloß mit dir? Sie war nicht fähig gewesen, darauf zu antworten. Ob die Frau in dem beigen Samt-Overall, die ihren Kinderwagen auf dem Pfad rund ums Weiherbecken schob, auch einmal in einem Büro gearbeitet hatte? Oder würde sie wieder ins Büro zurückkehren, wenn das Kind ein paar Jahre alt war? In den Frauenzeitschriften rieten die Psychologen und Briefkastentanten immer den Frauen, ihren Beruf nicht aufzugeben; sie warnten vor der Leere in ihrem Leben, wenn dann die Kinder einmal eigene Wege gingen. Sie kehrte um. Am Kai stockte der Verkehr; vom Tennisklub bis zur Nonntaler Brücke eine einzige, stehende Kolonne.

Der Firma hatte sie mitgeteilt, sie benötige einen längeren Erholungsaufenthalt. Sie war damals schon entschlossen gewesen, das Dienstverhältnis zu kündigen, sobald sie eine Ahnung hatte, wie es weitergehen könne. Sie hätte es sich leisten können, ein paar Monate – und wenn's sein mußte, auch länger – nichts zu verdienen. Auf dem Hof der Großmutter hatte sie außer Kost und Bett ja auch nichts für ihre Arbeit bekommen. Es war schon das beste gewesen, daß sie den Sommer über auf den Feldern gearbeitet hatte, mit Menschen, deren Sprache ihr vertraut war, die beruhigend auf ihr Gemüt und ihre Nerven eingewirkt hatten. Abends war sie jedesmal so erschöpft gewesen, daß sie schon um halb neun Uhr in ihrer Kammer, wo auch Kathi, ihre Cousine, lag, ins harte Bett sank und schon nach dem zweiten Tag so tief schlief wie schon seit vielen Jahren nicht mehr. Einen Brief Fellners, den ihre Mutter ihr nach Leogang nachschickte und in dem er anfragte, ab wann bzw. ob man in der Firma überhaupt noch mit ihr rechnen könne (das Sekretariat sei übrigens neu besetzt), beantwortete sie nicht. Aber im Oktober war sie dann nach Salzburg gefahren. Sie hatte mit Ilse telefoniert, war gleich um halb acht Uhr in die Firma gegangen. Herr Enzinger hatte ihr oben aufgeschlossen; in Ilses Spind Rosinas Einkaufsnetz. Waren das all ihre Sachen? Deswegen wäre sie gar nicht gekommen. Ein Haufen vergammelter Medikamentenschachteln und -fläschchen, eine halbvolle Dose Nescafé, der Lufthansa-Aschenbecher. Sie ließ alles an der nächsten Obusstation in einen Abfallkorb fallen.

Sie hatte beschlossen, im September wieder eine Stelle in der Stadt anzunehmen und sich ein anderes Appartement zu suchen. Sie hatte noch mehr als 100000 Schilling auf ihrem Sparbuch und las jeden Tag die Anzeigen.

Am Vormittag war sie wieder in der Buchhandlung. Es wäre ein Zufall gewesen, wenn sie die junge Frau in der Hasenfelljacke dort abermals getroffen hätte.

Sie hatte etwas in ihr angesprochen, das darauf gewartet hatte, angesprochen zu werden, wenn es auch bloß zwei oder drei Sätze waren. Sie hatte die beiden Taschenbücher, die ihr die Fremde empfohlen hatte, mehrmals gelesen. Daran könnte sie jetzt anknüpfen, wenn sie der Frau wieder begegnete. So blöd wie damals würde Rosina sich nicht mehr anstellen. Aber was hätte sie auch sagen können? Sie stellte sich vor, diese Frau zur Freundin zu haben, als jemanden, der klüger war als sie, von dem sie lernen konnte voranzukommen; und unter vorankommen verstand sie jetzt nicht mehr, auf der beruflichen Karriereleiter ein paar Sprossen höher zu klettern.

CIP-Kurztitelaufnahme der Deutschen Bibliothek

Kappacher, Walter:
Rosina: Erzählung / Walter Kappacher. –
Stuttgart: Klett-Cotta, 1978.
ISBN 3-12-904401-9

Godehard Schramm
Nachts durch die Biscaya

16 Stücke für Landschaften und Personen
231 Seiten, kart., ISBN 3-12-907780-4

Reiseabenteuer verheißt der Titel. Und er täuscht nicht. Die Erregungen, die sich in den Prosaskizzen dieses Bandes mitteilen, sind freilich nicht Folgen unerhörter Begebenheiten, sondern Wirkungen dessen, was der Ursinn des Wortes »aventiure« ist: Erprobung im Unvertrauten, Prüfung des Ichs und seines Gegenübers, Versuch der Bewährung. Daher die Bewegtheit dieser Stücke, der konstante Wechsel der erzählerischen Haltung; das Maßnehmen am ruhig Angeschauten, und dann ein Anrennen der Gedanken gegen das Gegebene; Geduld und Unrast, Ausflucht und Konzentration, Hingabe und Widerstand.
Der Aufbruch nach draußen als Vehemenz des Verlangens nach Heimkehr ins Wirkliche – vielleicht bezeichnet diese paradoxe Formel den gemeinsamen Impuls dieser thematisch und stilistisch so vielfältigen Erzählungen, in denen sich Elemente des Fiktiven spontan verbinden mit der Schilderung von Realien, das Handeln und Sein von Personen mit exotischen oder einheimischen Szenarien von Landschaft und Architektur. Eine Neugier nach Beständigem ist da am Werk, eine Dringlichkeit des Fragens und sprachlichen Fixierens, getrieben von der aufstörenden Erfahrung, daß hinter dem Rücken der eigenen Existenz, im angestammten Bereich, Verrat geschehen sein muß, Untreue gegen das Gewordene, ein schamloses Verspielen von Kontinuität – sei es die der Natur oder die der Geschichte. Den Erscheinungen beider setzt sich das Ich aus, das hier spricht – mit herausfordernder Insistenz. Die Augenbeute seiner Fahrten ins Ferne oder Nahe hat daher wenig gemeinsam mit den Reflexprodukten eines gläsernen Objektivs: es sind Bilder persönlichen Erlebens, Gegenstände eines ungestümen Denkens, das sich an ihnen brechen will, nicht um sich darin zu spiegeln, sondern um Windigkeit oder Konsistenz der eigenen Realität zu erproben.

Klett-Cotta

Henning Grunwald
Neue Beschreibung der Eingeborenen

80 Seiten, Leinen. ISBN 3-12-903180-4

Der Titel scheint die Aufzeichnungen eines dschungelerfahrenen Ethnologen anzukündigen. Was der Autor bietet, ist jedoch die Fiktion einer Anthropologie, eine literarische Erfindung also, die spielerisch und mit Methode so tut, als wäre sie keine.
»Die Eingeborenen« repräsentieren die Gesellschaft, welcher der Leser und der Autor selbst angehören. Der Verfasser ist Forschungsreisender und Eingeborener in einer Person. Er tut fremd, wo er vertraut ist. Er hat versucht, die Rolle eines Beobachters zu übernehmen, der sein Untersuchungsobjekt – die Eingeborenen – beschreibt, als handelte es sich um ein Präparat. Die eitle und imperiale Sprachattitüde zitiert eine Mentalität, die in der Selbstgefälligkeit heutiger Wissenschaft ungebrochen fortlebt. Als Mittel gegen deren illusionären Objektivitätsanspruch empfiehlt sich eine unrealistische Schreibweise in realistischer Absicht. Durch ihre Verfremdungstechnik werden nicht nur poetische Reize der Scheinexotik produziert; die Seltsamkeit dieser sensibel gezeichneten Bilderwelt läßt eine wohlkalkulierte Irritation entstehen, die den Leser provoziert, deutend in den Text einzudringen. Er wird entdecken, daß die bis zur scheinbaren Inhumanität getriebene Verfremdung dazu dient, etwas sichtbar zu machen, was in der hiesigen Realität oft kaum noch erkennbar ist, im Zerrspiegel des gestörten Exotenlebens jedoch seine Konturen zu erahnen gibt: die Würde der Eingeborenen.

Ingomar von Kieseritzky
Trägheit oder Szenen aus der Vita Activa

216 Seiten, Leinen. ISBN 3-12-904670-4

»Trägheit ist die Geschichte einer Einbildungskraft, oder besser vielleicht: die Geschichte der Einbildungskraft überhaupt, denn Kieseritzky führt vor, wie die Verbergung, wie das Verstecken, wie die Verlarvung, wie das Larvierte an sich schon die Krankheit ist. Valev, der Held der Geschichte, hat ein System entwickelt, aus dem Kieseritzky gleich schon das Valevsche System macht, als gäbe es dieses in Wirklichkeit und wäre tatsächlich von jedermann einsehbar und die aus diesem System entwickelten praktischen Therapien anwendbar. Darin liegt natürlich der Witz: Kieseritzky peilt die Gewißheit an, es geht immer um das Absolute und dann zeigt es sich, wie hinfällig, wie ambivalent, wie paradox die Welt ist . . . Kieseritzky ist ein Autor, den ich für einen der witzigsten, und weil ja Witz von Weisheit kommt, also auch für einen der besten Autoren der Gegenwartsliteratur halte.«

Ludwig Harig

Klett-Cotta